AF741111

www.ingramcontent.com/pod-product-compliance
Lightning Source LLC
LaVergne TN
LVHW050751051026
849532LV00008B/2834

* 9 7 8 9 3 6 9 0 8 2 7 4 2 *

# ایک طوفان دو کنارے

(افسانے)

حامدی کاشمیری

**Aik Toofaan Do Kinare** *(Short Stories)*
by: Hamidi Kashmiri
Edition: February '2025
Publisher :
*Taemeer Publications LLC* (Michigan, USA / Hyderabad, India)

ISBN 978-93-6908-274-2



| | | |
|---|---|---|
| کتاب | : | **ایک طوفان دو کنارے** (افسانے) |
| مصنف | : | **حامدی کاشمیری** |
| صنف | : | فکشن |
| ناشر | : | تعمیر پبلی کیشنز (حیدرآباد، انڈیا) |
| سالِ اشاعت | : | ۲۰۲۵ء |
| صفحات | : | ۸۸ |
| سرورق ڈیزائن | : | تعمیر ویب ڈیزائن |

# فہرست

# حرفِ اوّل

جولائی، ۱۹۶۲ء میں میرے کرم فرما مرحوم ڈاکٹر زورؔ نے اِدارۂ ادبیاتِ اُردو حیدرآباد کی طرف سے میرے منتخب افسانوں کو شائع کرنے کی خواہش ظاہر کی تھی، اور مَیں نے احساسِ مسرت کے ساتھ نمایندہ جرائد میں چھپے ہوئے چند منتخب افسانوں کا مسودہ اُن کی خدمت میں پیش کیا تھا، مرحوم اگست ۶۲ء میں گرمیوں کی چھٹیوں میں حیدر آباد تشریف لے گئے، اور وہاں مجموعے کی اشاعت کی منظوری لے لی۔ ڈاکٹر زورؔ نے سری نگر میں اپنے قیام کے مختصر وقفے میں یہاں کے نمایندہ ادیبوں کی تخلیقات کو شائع کرانے کا جو سلسلہ شروع کیا تھا، میری کتاب بھی اِسی سلسلے کی ایک کڑی تھی۔ مقامِ شکر ہے کہ یہ کتاب اب اِدارہ کی جانب سے شائع ہو رہی ہے۔

اس میں جو افسانے شامل ہیں، اُن میں، مَیں نے جدید انسان کی لمحاتی زندگی کی بعض جذباتی کش مکشوں اور نفسیاتی اُلجھنوں کو اُبھارنے کی کوشش کی ہے۔ میرا خیال ہے کہ افسانہ نگاری کی صنف کے فنّی اور فکری امکانات زندگی کی بیکرانی کی طرح لامحدود ہیں، اور افسانہ نگار کا فنّی شعور جس قدر بالیدہ اور ہمہ گیر ہوگا، اسی قدر وہ ان امکانات کو اپنی گرفت میں لانے میں کامیاب ہوگا۔ کئی برس پہلے لکھے گئے ان افسانوں میں زندگی کے مختلف پہلوؤں کی مصوّری کرنے میں مجھے کہاں تک کامیابی ہوئی ہے، یہ دیکھنا قارئین کا کام ہے۔

ڈاکٹر حامدی کاشمیری

۳۹۶۔ جواہر نگر، سری نگر (کشمیر)

# خلا

وہ رات کتنی حسین تھی۔

چاندنی کی ٹھنڈی سیمیں روشنی میں رات کی رانی کے پھول مہک رہے تھے۔ دور لیڈیز ہوسٹل کی سفید چھت چمک رہی تھی۔ تارناکہ کو جانے والی پختہ سڑک، انگڑائیاں لے رہی تھی۔ ہم تینوں سڑک کے کنارے ایک بڑی سیاہ چٹان پر بیٹھے تھے۔ کماری تیز رنگ کی چھینٹ کا اسکرٹ پہنے ہوئے تھی۔ چاندنی اُس کے گول سیاہی مائل بھرے ہوئے چہرے کو دلکشی دے رہی تھی۔ اُس کی بڑی بڑی سیاہ آنکھوں میں چاندنی اُتر آئی تھی۔ وہ اپنے مخصوص ترنم میں اپنی نئی انگریزی نظم سنا رہی تھی۔ نظم کیا تھی، محبت کے جذبات کی قوسِ قزح تھی۔ کنواری دھڑکنوں کا سنگیت تھا۔ اور کماری کے لب و لہجہ کی وارفتگی مجھے مسحور کر گئی۔ اِس عورت کی روح میں کتنا گداز ہے۔ گداز اور حسن! میں سوچ رہا تھا۔ اور میرا دوست اپنے لمبے لمبے ہاتھوں میں لمبی سی ٹھوڑی لئے ہوئے سارے ماحول سے بے نیاز تھا۔ شاید وہ اپنے خوابوں

کی وادیوں میں کسی کو تلاش کر رہا تھا۔

"کماری! تم سنگیت کی دیوی ہو!"

میری آواز میں اُس نظم کی لطافت تھی۔

"NON SENSE" وہ کھلکھلا کر ہنس پڑی۔ "آپ تو بس مذاق کرتے ہیں۔"

"نہیں تو!"

"آپ کی نظموں میں کشمیر کی بہاروں کا حُسن ہے۔" میرے دوست نے کہا۔ اس کے ماتھے پر سوچ کی پرچھائیاں تھیں!

"لیکن میں نے کشمیر دیکھا ہی نہیں ہے۔"

وہ مسکرائی۔

اُس کے دانتوں کی سفید لڑی نمودار ہوئی۔

"آپ نے دیکھا ہے راؤ ے؟"

"ابھی تک تو نہیں۔"

"میں نے کئی بار وہاں جانے کا ارادہ کیا۔ لیکن رمیش تیار نہ ہوا۔ اُس کے بغیر میں جانا نہیں چاہتی۔"

اُس کے لہجے میں اُداسی آگئی۔

کماری بات بات پر بچّوں کی طرح بے باک قہقہے لگاتی۔ ڈنر ہال میں جب سب جمع ہو جاتے تو وہ سب سے زیادہ بشاش نظر آتی۔ کھانا کھاتے ہوئے بھی وہ چپ نہ رہ سکتی۔ کسی کے کھانے کے انداز میں عیب نکالتی۔ کسی کے لباس پر تنقید کرتی۔ کبھی چاؤ سے بتاتی کہ اُن کے گھر میں کیا کیا چیزیں پکتی ہیں۔ کبھی شیلے یا کیٹس کے شعر کہتی۔ کبھی کچھ، کبھی کچھ۔ انسٹی ٹیوٹ کے سارے لوگ اُس سے دُور ہی دُور سے دلچسپی لیتے تھے۔ اور میں تو اب اُس کی طبیعت

سے واقف ہو چکا تھا۔

جس دن ہم سب گولکنڈہ فورٹ دیکھنے گئے، وہ فورٹ کے اندر ہم دونوں کے ساتھ ساتھ چلتی رہی۔ میں فورٹ کے بارے میں ماضی کے چند واقعات بیان کر رہا تھا اور کماری توجہ اور دلچسپی سے میری باتیں سن رہی تھی۔ میرا دوست آگے آگے قدم اٹھا رہا تھا اور کھنڈرات میں نہ جانے کیا دیکھ رہا تھا۔ اس دن کماری کو میں نے قریب سے دیکھا تھا۔ اس نے مجھ سے باتیں کیں۔ وہ چھبیسویں سال میں اپنا قدم رکھ چکی تھی۔ اس نے بتایا وہ بمبئی کے ایک بڑے گھرانے کی لڑکی ہے۔ اس کا بھائی امریکہ میں ہے۔ اس کے گھر میں بالکل آزادی ہے۔ روز اس کے دوست ادیب، آرٹسٹ اور جرنلسٹ اس سے ملنے آتے ہیں۔ اور وہاں خوب مزے سے گزرتی ہے اور اس نے کہا۔

"مجھے ادیبوں اور آرٹسٹوں سے پیار ہے۔ میں ان کی ہر ادا میں دلچسپی لیتی ہوں۔ جب میں نے آپ کو دیکھا میں فوراً سمجھ گئی، آپ بھی آرٹسٹ ہوں گے آپ ——— "

وہ شرمائی۔

اور میں سوچتا رہا۔

"آپ نہیں جانتے راؤ صاحب! میں نے رمیش کے ساتھ کتنا وقت گزارا ہے جب میں چھوٹی تھی، وہ ہمارے گھر آیا کرتا تھا۔ بہت شریر تھا وہ۔ مجھے پڑھنے نہیں دیتا تھا۔ میری چیزیں منتشر کر دیتا اور شام کو میرا ہاتھ پکڑ کر مجھے باہر سیر کو لے جاتا ہم دونوں نے بی۔ اے ساتھ ہی پاس کیا۔ میں نے ایم۔ اے میں داخلہ لیا اور رمیش ملٹری میں کیپٹن ہو گیا۔ میں نے اسے لاکھ سمجھایا کہ وہ ملٹری

بیں نہ جائے۔ لیکن ........ لیکن مجھے اُس سے پیار ہے۔ اگر مجھے اُس کا خط وقت پر نہیں ملتا تو میں پاگل ہو جاتی ہوں"

کماری جذباتی لہجے میں کہہ رہی تھی۔

وہ روز شام ہونے سے پہلے ہی ہمارے ہوسٹل میں چلی آتی۔ اور بڑی بے باکی سے ہمارے کمرے میں آتی۔ اُس کے چلنے کے انداز میں رقص کی ایک ادا تھی۔ روز وہ نئے لباس میں نظر آتی۔

"EXCUSE ME"

وہ دروازے پر رُک کر کہتی۔

اور ایک شیریں قہقہہ لگا کر اندر آجاتی۔ اور کرسی پر بیٹھ جاتی۔

"کماری، ایک بات کہوں؟"

"ہوں؟"

"دیکھئے! آپ کا یہاں روز روز کا آنا اچھا نہیں! یہ لوگ باتیں بناتے ہیں!"

"چھی چھی! کیسی باتیں کرتے ہیں آپ! میں اِن لوگوں کی پابند تھوڑی ہوں۔ میں انسان ہوں! اپنے برے اور بھلے کو سمجھتی ہوں"

وہ سنجیدہ ہو گئی۔

میں لاجواب ہو گیا۔

وہ جب بھی سنجیدگی سے کسی موضوع پر اپنے خیالات کا اظہار کرتی تو اُس کے استدلال کے سامنے میری کچھ نہ چلتی۔ ایک بار جب میں —— فرائیڈ کی تائید میں ادب اور آرٹ کے اصلی محرک کی وضاحت کرتے ہوئے بہکنے لگا۔ تو اُس نے ادب، نفسیات اور اخلاقی قدروں پر ایک لمبا لیکچر دیا۔ اور مجھے اُس کے خیال سے اتفاق کرنا پڑا۔

"ہیلو مس کماری! گڈ ایوننگ!"

اِتنے میں میرا دوست آ ٹپکا۔ اُس کے ہاتھ میں ایک نیلا لفافہ تھا۔ شاید اُس کی محبوبہ کا خط آیا تھا۔ اُس کے چہرے پر مسرت کی بہار تھی۔

"شاید رمیش کا خط آیا ہو!" اچانک کماری بے قرار ہو اُٹھی۔ پچھلے ہفتے بھی کوئی خط نہ آیا۔ آج تو ضرور آنا چاہیئے۔ میں ذرا پہلے ڈاک تو دیکھ لوں۔"

یہ کہہ کر وہ اُٹھی اور کمرے سے باہر چل دی۔

---

اُس دن ہم دُور تک تارنا کہ روڈ پر چلتے رہے۔ ہوا میں خنکی تھی۔ کماری نے نیلان کی ایک نئی ساڑھی پہن رکھی تھی۔ اُس کے گداز بازو عریاں تھے۔ اُس کی کھلی کمر اور شانے بالوں کے مہکتے ہوئے گھنے سایوں میں چھپ گئے تھے۔

"اگر آج آپ نہ آتے، تو میں اکیلی ہی سیر کو جاتی۔ شام کی سیر میرا معمول ہے۔"

"لیکن اِس سنسان راستے پر اکیلے جانا ——"

میں کسی سے ڈرتی نہیں۔ آپ نے شاید میری اُنگلیوں کے ناخن نہیں دیکھے ہیں۔"

وہ ہنس پڑی اور ہاتھ میری طرف بڑھایا۔ اور —— اور میں نے بے اختیار ہو کر اُس کا ہاتھ اپنے ہاتھ میں لے لیا۔

"کتنا نرم ہاتھ ہے، جیسے گلاب کا پھول!"

"آپ تو شاعری کرنے لگے۔ ارے میں تو اپنے ناخن ——"

وہ رُک گئی۔ اور اُس نے بھرپور نظروں سے میری طرف دیکھا۔

"اوہ سوری! سچ ہے، پھولوں کے ساتھ کانٹوں کا ہونا ضروری ہے۔"

"مسٹر رائے، وقت آنے پر عورت شیرنی بن سکتی ہے۔" اُس نے اپنے ہاتھ کھینچ لئے۔

اُس کی بات میں کتنی سچائی تھی۔

میں نے اُس کی طرف تائیدی نظروں سے دیکھا۔ مجھے اُس لمحے ایسا دکھائی دیا جیسے اُس صحرا میں جنّت کی کوئی مقدس حور اُتر آئی ہو۔

"کماری، ایک بات پوچھوں؟"

"ہوں ــــــ"

"شادی کے بارے میں آپ کا کیا خیال ہے؟"

"شادی؟" وہ رُک گئی۔ "میں، میں پہلے شادی کے بہت خلاف تھی لیکن اب میرا مطلب ہے جب سے رمیش ملٹری سروس میں چلا گیا، میرا خیال بدل گیا۔ رمیش میری دُنیا میں انقلاب لایا۔ ہم رات گئے تک جوہو اور میرین ڈرائیو میں باتیں کرتے رہے۔ وہ عجیب عجیب باتیں کرتا ہے کبھی ادب کے موضوع کو پسند نہیں کرتا، لیکن وہ مجھے پھر بھی پسند ہے لیکن ــــــ لیکن وہ کئی برسوں سے بمبئی نہیں آیا۔ خیر جانے دیجئے اِن باتوں کو۔"

وہ خاموش ہو گئی۔

شام کے بھیگے بھیگے سائے اُونگھ رہے تھے۔

---

"تمہاری آنکھوں میں جادو ہے کماری!"

"جادو؟"

"تم ایک ساحرہ ہو!"

"ساحرہ ـــــ کیا مطلب؟"

"ساحرہ یعنی جادوگرنی ـــــ وچ ـــــ" میں اسکی سیاہ آنکھوں کے جادو کو محسوس کر رہا تھا۔

"ہاہا ـــــ!" وہ خوشی سے چلائی،

"کیوں؟"

"وہ بھی مجھے اِسی نام سے پکارتا ہے۔ کیا میں سچ مچ ایسی ہوں؟"

"تم سچ مچ حسین ہو!"

میں اپنے جذبات پر قابو نہ رکھ سکا۔ میں بھول گیا کہ میں نے اپنے دوست کے سامنے اقرار کیا تھا کہ وہ ایک بھدی اور بدصورت عورت ہے!

اُس نے میری طرف شرمائی ہوئی مسکراہٹ سے دیکھا۔

"سچ کہتا ہوں کماری جب سے تمہیں دیکھا ہے میں عورت کی عظمت کا قائل ہوگیا ہوں"

"NON SENSE" اُس نے ہلکا سا قہقہہ لگایا۔ پھر اپنی وائف سے ناانصافی کرنے لگے!"

"کبھی نہیں، بات یہ ہے کہ وہ ایک سیدھی سادی اَن پڑھ عورت ہے جیسی کہ ہماری عورتیں ہوتی ہیں لیکن آپ ـــــ"

"لیجئے، آپ کے دوست آگئے۔ اب اِن سے گیت سُنیں گے۔ ٹھیک ہے نا!"

---

چھُٹی کے دونوں دن گزر گئے۔ ہم دونوں دو دن کے بعد اُس سے

ملنے جا رہے تھے۔ ہم نے باہر کے گیٹ کے اندر قدم رکھا۔ کماری برآمدے پر کھڑی ہمارا انتظار کر رہی تھی۔

ہم نزدیک آ گئے۔ کماری کے سیاہی مائل چہرے پر مسکراہٹ آ گئی۔ اُس کے ہاتھ میں گلاب کے دو پھول تھے۔ اُس نے آتے ہی یہ پھول ہمیں پیش کر دیئے۔

"تعجب ہے۔ چٹانوں میں بھی پھول کھلتے ہیں!"

میرے دوست نے کہا۔

"اِن پھولوں میں زیادہ خوشبو ہوتی ہے"۔ وہ مسکرائی اور جلدی سے اندر گئی۔ اور نوکرانی کو چائے لانے کو کہا۔

ہم چائے پیتے رہے۔ اور کماری وہ نظم سنا رہی تھی جو اُس نے کل رات کو لکھی تھی۔

"میں بن سنور کے بیٹھی تھی، تمہارے لئے،

خوابوں کے دریچے پر، آنکھوں میں انتظار کی جلن لئے۔

بارش کے قطرے میرے دریچے سے ٹکراتے رہے۔

میرا دل دھڑکتا رہا۔

لیکن تمہارے گھوڑے کے ٹاپوں کی آواز سنائی نہ دی۔

کاش تم آتے!"

کاش رات کی پلکوں پر درد کے چراغ بجھ نہ جاتے!!"

یہ نظم سن کر میں ششدر رہ گیا۔

کماری کی آواز میں آنسوؤں کی تھرتھری تھی۔ واقعی اِس نظم کے ہر لفظ میں اُس کی روح کی خلش تھی۔ لیکن یہ خلش کہاں سے آئی ہے؟

"میں روز اِسی طرح آپ کا انتظار کرتی ہوں —— کیا کروں میں جب کسی کو اپنا دوست سمجھتی ہوں، تو میں —— میں دل و جان سے اُسے —— خیر چھوڑیئے اِن باتوں کو، آج باقی لیڈیز نے مجھے پکچر جانے کو کہا۔ لیکن میں نے کہا کہ مسٹر راٹھے مجھ سے ملنے آرہے ہیں۔ میں صاف صاف کہتی ہوں۔ میں کسی سے ڈرتی نہیں۔ انسٹی ٹیوٹ میں کئی لوگ چہ میگوئیاں کرتے ہیں۔ لیکن میں اُن کی کچھ پروا نہیں کرتی۔ جانے دیجئے ان لوگوں کو۔ ہر انسان کی اپنی انفرادیت ہے:

میرا دل اس کی انفرادیت کی قوت کے آگے جھک گیا!

میرے دوست نے کہا۔

"اچّھا چلئے، اب سیر کو چلیں!"

"نہیں!"

"کیوں؟"

"آج پکچر جائیں گے۔ وِنڈرفل پکچر آئی ہے ہالی وڈ کی۔ ہم ضرور جائیں گے کیوں؟" اُس کی ضد میں بچوں کی سادگی تھی۔

"آپ کی مرضی ہے، تو چلئے۔"

مجھے اب اُسے مایوس کرنے کی جرأت نہ تھی۔

ہم تینوں پلازا سینما چلے گئے۔

فلم دیکھ کر جب ہم ٹیکسی میں واپس آرہے تھے تو میں نے دیکھا کہ کماری خلافِ معمول خاموش ہے۔ اُس کے ہونٹوں پر خفیف سی لرزش تھی۔ اُس کی آنکھوں میں شراب کی مستی تھی۔ جب ٹیکسی نے ہمیں تارنا کر پر چھوڑ دیا تو میں کماری کو اُسکے ہاسٹل تک چھوڑنے کے لئے ساتھ گیا۔ میرا دوست وہیں چوک پر سگریٹ پیتا رہا۔

"اچھا کماری، گڈ نائٹ!"
میں ہوسٹل کے گیٹ پر رُک گیا۔
"راٹے!"
کماری میرے سامنے کھڑی رہی۔
اُس کے سینے سے ساڑی ڈھلک آئی تھی۔ اُس کی سانس تیز تیز چل رہی تھی۔
میں اُس کی طرف دیکھتا رہا۔
اچانک وہ میرے بہت قریب آئی۔ اُس کی اداؤں میں جذبات کا تلاطم تھا
"کماری!!" میں سراپا حیرت تھا!
"راٹے ——— مجھے، مجھے سہارا دو، میں ——— میں تنہیں چاہتی ———"
"لیکن رمیش ———"
"وہ میرے لئے مر چکا ہے۔ وہ مر چکا ہے راٹے میں پیار چاہتی ہوں، پیار ——— لیکن ———"
اچانک اُس کی آنکھوں سے آنسو کے دو قطرے اُبھرے۔
ایک لمحہ گزر گیا۔
میرے دل میں آیا کہ چلّا کر کہہ دوں، تم ایک ذلیل عورت ہو۔ لیکن میرے کانپتے ہوئے ہونٹ کماری کے آنسوؤں کو چھُو گئے ——— اُن آنسوؤں میں زہر تھا۔
اور ———
اور میں ایک پاگل کی طرح وہاں سے چلا آیا۔

---

# دُوسرا رُخ

دو برس پہلے جب کہ میں انجینئر کے عہدے پر مامور کیا گیا۔ میں یہاں سے چلا گیا تھا۔ اور صرف چار مہینے پہلے شادی کے سلسلے میں دس روز کی چھٹی پر آیا تھا۔ آج میں دوسری بار یہاں آیا تھا۔ کیونکہ میرا تبادلہ یہیں اپنی جگہ پہ ہوا تھا۔ آج یوسف کو دیکھکر اگر مجھے تعجب ہوا تو یہ قدرتی بات تھی۔

کافی کا ایک تلخ گھونٹ حلق سے اُتارنے کے بعد یوسف نے کچھ سوچ کر سگریٹ جلایا۔ وہ سگریٹ کے کش لے رہا تھا۔ اور میں پیالی سے اُٹھتی، ہوئی ہلکی سی بھاپ کے پیچھے اُس کے چہرے پر اُبھرتی اور سکڑتی ہوئی لکیروں کو دیکھ رہا تھا۔ اُن لکیروں میں اُس کے جذبات کی تلخی گھل رہی تھی۔ میں گھبرا گیا اور میں نے اُسکی آنکھوں کی وسعتوں کی طرف دیکھا۔ اُس کی آنکھیں خاموش تھیں۔ خاموش اور پُرسکون۔ کتنا عجیب آدمی ہے؟ اِس کے چہرے پر ذہنی پریشانی ہے۔ چہرے کی لکیروں میں نفرت اور بیزاری کے کتنے طوفان چھپے ہیں۔ اِس کی باتوں میں زہر ہے۔ لیکن اِس کی آنکھوں کی خواب آلود گہرائیوں میں سکون ہے ——— اِس سے پہلی ملاقات تین سال پہلے پہلگام کی

شاداب وادی میں ہوئی تھی۔ اُن دنوں میں انجینیرنگ کا ٹریننگ کورس ختم کرکے آیا تھا۔ ہم ایک ہی ہوٹل میں ٹھہرے تھے۔ اور پہلی ہی ملاقات میں مجھے اُس کی لاآبالی طبیعت پسند آگئی۔ وہ ہمیشہ اپنے لباس سے بے پرواہ رہتا تھا۔ ہر وقت سگریٹ کے کش لیتا رہتا تھا۔ اُس کی باتوں میں خلوص اور درد تھا۔ اُس نے باتیں کرنے کا ایک دلنشیں انداز پایا تھا۔ جب بھی وہ ہوٹل کے برآمدے پر کھلی اور ٹھنڈی دھوپ میں مجھ سے باتیں کرتا۔ تو میں سارے کام بھول جاتا۔ باتیں کرتے کرتے وہ پہلگام کی خوبصورتی اور شادابی میں کیٹس کے پُرسوز اور خواب آور نغموں کے حُسن کی تلاش کرتا۔ کبھی وہ رِوزیٹی کے تخیل کے رنگ و نور کی طلسمی لہروں میں ڈوب جاتا۔ اور کبھی فراق کی عورت کے رنگ روپ میں کھو جاتا۔ اور میں سحرزدہ اُسے دیکھتا رہتا۔ میں شاعری سے ہمیشہ دور بھاگتا تھا۔ میں شاعری کو خبط الحواس لوگوں کا دھندہ سمجھتا تھا۔ لیکن یوسف نے پہلی بار مجھے احساس دلایا کہ یہ میری اپنی کمزوری ہے۔ مجھے محسوس ہوا کہ شاعری رُوح کی گہرائیوں میں جنم لیتی ہے۔ اور احساس کی قوسِ قزح میں نکھرتی ہے۔

کبھی کبھی ہمارا موضوعِ گفتگو عورت ہوتی۔

"عورت کے بغیر زندگی بے معنی ہے"

یوسف ایک جذباتی لہجے میں کہتا۔

"عورت محبت کی دیوی ہے۔ وہ صرف محبت کے لئے پیدا ہوئی ہے وہ صرف محبت سے جیتی جاسکتی ہے۔ محبت ہوئی تو سمجھو شادی بھی ہوگئی"۔

اور اُس کے خیالوں کی تان اِس جملے پر ٹوٹتی۔

"عورت ایک بار کسی کو چاہتی ہے تو ہمیشہ اُسی کی رہتی ہے"۔

اور جب میں اُس کے خیالات سے اختلاف کرتا تو وہ جھنجلا کر ایک نیا سگریٹ سلگا لیتا۔

فرصت کے وہ دن کتنے حسین تھے!

اور آج تین سال گزرنے کے بعد یوسف میرے سامنے بیٹھا تھا۔

جیسے تین سو سال گزر چکے تھے!

"انسان کتنا سخت جان واقع ہوا ہے دوست!" یوسف کہہ رہا تھا کافی ہاؤس میں ابھی زیادہ لوگ نہیں آئے تھے۔ دیوار کے ساتھ ٹیبل پر ایک ملٹری آفیسر ایک خوب رُو عورت کے ساتھ انگریزی میں گفتگو کر رہا تھا۔

"انسان میں چٹانوں کی سختی ہے۔ طوفان اُٹھتے ہیں۔ لیکن انسان زندہ رہتا ہے۔ وہ زندہ رہنے کے لئے مجبور ہے۔ وہ فریب کھاتا ہے۔ اُمیدیں اُسے فریب دیتی ہیں۔ وہ زخم کھاتا ہے اور اُس کے ہونٹ مسکراتے ہیں۔"

وہ رُک گیا۔ اور مجھے محسوس ہوا جیسے وہ کسی فرانسیسی شاعر کی کوئی آزاد نظم سُنا رہا ہے۔ اُس کے لب و لہجے میں گداز تھا۔ درد انہ آنسو تھے اُس کے چہرے کی لکیریں زیادہ گہری ہو گئیں۔ لیکن اُس کی آنکھوں میں اب بھی سکون تھا۔

یہ سکون کیسا ہے؟

میں کچھ نہ سمجھ سکا۔ اور نہ مجھے اُس سے کوئی اور سوال کرنے کی ہمت تھی۔ میں اُس سے پوچھنا چاہتا تھا۔ سُناؤ بھئی! کالج میں کیسی گزرتی ہے؟ کیا پوئٹری اب بھی تمہارا محبوب سبجکٹ ہے؟ اب تو تمہاری شادی بھی ہو گئی ہو گی سُناؤ بھابی کیسی ہے؟ اور ایسے ہی سوال وہ مجھ سے کرے تو میں کہوں گا۔ لاکھ میں نے چاہا کہ اِس بندھن میں نہ بندھ جاؤں۔ لیکن گھر والوں کو کون

سمجھائے انہوں نے میرے لئے ایک لڑکی دیکھ ہی لی۔ لڑکی کے بارے میں مجھے لکھا کہ اچھی شکل وصورت کی ہے۔ گریجویٹ ہے۔ اچھے گھر کی ہے۔ اور اب تو شادی کو کئی مہینے ہو چکے۔ لیکن یہ شادی بھی مصیبت سے کم نہیں۔ کتنی ذمہ داریوں کا بوجھ کندھوں پر آپڑتا ہے۔ دو اجنبی انسان ملتے ہیں۔ اکثر ایسا ہوتا ہے کہ دونوں کے درمیان ایک خلیج حائل رہتی ہے۔ ایسا کیوں ہوتا ہے؟ اگر ایسا ہوتا ہے تو شادی کیوں ہوتی ہے؟

میں انہی خیالوں میں اُلجھ رہا تھا۔ اور یوسف کافی ہاؤس کی کھڑکی سے باہر بنڈ روڈ کے اُس پار کھلی سُرمئی فضاؤں میں کھو چکا تھا۔

---

وہ اُس دن بھی مجھے کافی ہاؤس میں ملا۔ کافی پی کر میں نے اُسے بنڈ روڈ پر چلنے کو کہا۔ وہ مان گیا۔ اور ہم چلتے رہے۔

شام کی نرم ہواؤں میں خوشبو رچی ہوئی تھی۔ جہلم کی لہروں کے دامن میں شفق کے سُرخ پھول کھل رہے تھے۔ اور یوسف اپنی کہانی سُنا رہا تھا۔

یہ کہانی سُننے کے لئے جیسے میں برسوں سے بے چین تھا۔ ہم ایک درخت کی چھاؤں میں سبزے پر بیٹھے تھے۔

اُس کہانی میں ایک رومانی نظم کا جادو تھا۔ اُس میں کیٹس اور شیلے کی البیلی شاعری کا کیف اور رس تھا۔ اُس میں فراق کی عورت کے چمکتے ہوئے جسم کی خوب صورتی تھی!

جہلم کی لہریں خاموش تھیں۔

دس برس سے وہ ایک لڑکی کو چاہتا رہا۔ وہ اُس کے خوابوں کی شہزادی تھی! اُسے زندگی کی لازوال مسرتوں کے خزانے مل چکے تھے۔ وہ لڑکی اُس کی

زندگی میں رنگ و نور کی ایک لہر بن کر ابھر آئی تھی۔

اُس لڑکی کا نام حسینہ ہے!

حسینہ ——؟

اچانک کہانی میں ایک عجیب موڑ آ گیا۔ میں چونک اُٹھا۔ جہلم کی لہروں میں تناؤ آ گیا۔ میں نے ایک تیز نظر یوسف کے چہرے پر ڈالی۔ اُس کے چہرے پر سکون تھا اُس کے پتلے ہونٹوں پر کہانی کی پرچھائیاں کانپ رہی تھیں۔

یہ اُس کی اپنی حسینہ تھی!

اُس کی محبوبہ۔ اُس کی شاعری۔ وہ شاعری کے کیف اور رس میں ڈوب گیا۔ وہ حسینہ کے پیار کو پا چکا تھا۔

کہانی کے نقرئی تانے بانے سنور رہے تھے۔

"پھر کیا ہوا؟"

"دو سال گزر گئے۔ میں دو سال بعد یہاں آیا۔ میرا تبادلہ ملک کے دوسرے حصے میں ہو گیا تھا۔ میں آیا، اور میں نے حسینہ سے مشورہ کر کے اُس کے گھر والوں کو شادی کا پیغام بھجوا دیا۔ لیکن اُنہوں نے شادی سے انکار کیا۔"

"انکار کیا؟"

"انسان خود غرض ہے ساتھی" وہ توقف کے بعد بولا۔ خود غرضی انسان کو اندھا بنا دیتی ہے۔ اُنہوں نے کہا۔ ہماری لڑکی گریجویٹ ہے۔ یہاں چھوٹی سی جگہ ہے نا؟ لڑکی کا بی۔ اے ہونا ایک غیر معمولی بات ہے۔ اُنہوں نے کہا ہم اِسے کسی بڑے آدمی سے بیاہیں گے۔ ایک پروفیسر کی سماجی حیثیت کیا ہے؟ اور اُنہوں نے اُس کی شادی کسی انجینئر سے کر دی۔"

"انجینئر سے شادی کر دی؟"

میں بوکھلا گیا۔ جیسے کسی نے میرے سینے پر ایک گھونسہ مار دیا۔

"شادی ہو چکی ہے تو کیا ہوا! حسینہ میری ہے، وہ میری ہو چکی ہے۔ شادی روحوں کا اتصال ہے اور وہ اتصال ہمارے درمیان دس سال پہلے ہو چکا ہے جب ہم نے کالج لائبریری میں پہلی بار کھل کر باتیں کی تھیں۔ اور پھر ہم نے بہت سے لمحے ساتھ گزارے اُن لمحوں کا گداز میرے دل میں ہے۔ میں اُن لمحوں کو جگر سے لگائے بیٹھا ہوں۔ اُن لمحوں میں حسینہ کی کنواری سانسوں کی گرمی اور خوشبو ہے۔ اُن لمحوں میں اُس کی ریشمی، جھکتی ہوئی زلفیں میرے لئے خوابوں کی نرم آنچ لائی ہیں۔ میں نے اُس کے ہونٹوں کے شہد کو روح کی گہرائیوں میں اُتار لیا ہے۔ کون کہتا ہے وہ مجھ سے جُدا کی گئی ہے؟ ہماری شادی ہو چکی ہے۔ میں نے اُسے پیار کیا ہے، وہ میری ہے۔ کون کہتا ہے اُس کی شادی ہو چکی ہے ——"

"یوسف ——!"

میں چیخ اُٹھا۔ "بند کرو یہ بکواس میں کچھ نہیں سننا چاہتا۔"

میں غصّہ اور نفرت میں اُٹھ کھڑا ہوا۔

یوسف مجھے متعجب نظروں سے دیکھ رہا تھا۔ اُن نگاہوں میں ایک معصوم بچّے کی حیرت تھی۔ وہ خاموش تھا۔ اُس کے ہونٹوں کے کونے کانپ رہے تھے۔

میں نے بوکھلاہٹ میں جہلم کی طرف دیکھا۔ جہلم کی خاموش لہروں میں جیسے تلاطم آگیا۔ یوسف کی کہانی اس تلاطم میں ڈوب گئی۔

لیکن یہ تلاطم کہانی کا دوسرا رُخ پیش کر رہا تھا۔

کیا حسینہ میری ہے؟ —— میرا دماغ چکرا رہا تھا!

# انتقام

وہ رسوئی سے باہر نکلی اور بڑے کمرے میں داخل ہوئی۔ اُس کی نظریں سامنے دیوار پر بڑے کلاک کی طرف اُٹھیں۔ لیکن پہلی نظر میں اُسے کلاک کی سوئیاں نظر نہ آئیں اُس کی دھندلی آنکھوں میں دھوئیں سے ہلکی سی نمی آگئی تھی۔ دوپٹے کے پلو سے اُس نے آنکھیں پونچھ لیں۔ اور پھر کلاک کی طرف دیکھا۔ پانچ بج رہے تھے۔ راج ناتھ کے آنے کا وقت ہو رہا تھا۔ جوں ہی وہ آ جائے تو وہ اسے بتائے گی کہ وہ کل ہی اپنی ماں کے پاس جائے گی۔ ابھی ابھی اُس کا چھوٹا بھائی آیا تھا۔ اور وہ کافی اُداس تھا۔ معاً اُسے یاد آیا کہ اُس نے دالان کی کھڑکی سے باہر رسی پر لٹکائے ہوئے کپڑوں کو ابھی تک نہیں اُٹھایا تھا۔ جنہیں سویرے ہی اُس نے دھو کر پھیلا دیئے تھے۔ اور وہ جون کے آفتاب کی تمازت میں کب کے سوکھ گئے تھے۔ وہ جلدی سے اُوپر چلی گئی۔ اور جب وہ کپڑے سمیٹ کر واپس کمرے میں آئی تو اُس نے دیکھا، راج ناتھ آگیا تھا اور

پلنگ کے قریب کرسی پر بیٹھ گیا تھا۔ اور ایک کتاب کے سرورق کو دیکھ رہا تھا۔

"آپ آگئے ہیں!"

وہ دھیرے سے مسکرائی۔

اُس نے کچھ سنا ہی نہیں۔ وہ آگے بڑھ کر جلدی سے دھلے ہوئے کپڑے کھونٹی پر لٹکانے لگی۔ اُس کے لئے چائے بھی تو گرم کرنی تھی ابھی۔

وہ کرسی سے اُٹھ گیا اور اُس نے اپنی بیوی کی طرف توجہ کئے بغیر دیوار پر لگی ہوئی چند تصویروں کو دیکھا۔ جو اُس نے خود بنائی تھیں اور جنھیں اُس نے اب تک کسی کو نہ دکھایا تھا۔ اُس نے آرٹ کو کبھی سنجیدگی سے نہ لیا تھا۔ ہاں یہ ایک مشغلہ تھا اور بس! وہ اُن خاکوں کو دیکھ رہا تھا اور کوٹ کے بٹن کھول رہا تھا۔ وہ اُس کے قریب آئی اور اُس کے ہاتھوں سے کوٹ اور ٹائی لے لی۔ دونوں چیزیں متواتر استعمال سے اپنا رنگ کھو چکی تھیں۔ ہر روز یہی سوٹ پہنتا ہے وہ۔ لوگ کیا کہتے ہوں گے؟ یہ سوچتے ہوئے اُس نے ٹائی اور کوٹ کو ہینگر پر لٹکا دیا۔ راج ناتھ دیوار کے ساتھ چھوٹے سے ٹیبل کے پاس ایک کرسی پر بیٹھ گیا تھا۔ اور ایک ادھورے خاکے پر برش پھیرنے لگا تھا۔

وہ خاموشی سے کمرے سے نکل گئی۔ اور جلدی سے ہانڈی میں کوئلے ڈال کر اسے پھونکنے لگی۔ اور تھوڑی دیر میں گرم چائے کی ایک پیالی لے کر کمرے کے اندر آگئی۔

"چائے پی لیجئے ٹھنڈی ہو رہی ہے!"

لیکن وہ تصویر میں رنگ بھرنے میں کھو گیا تھا۔ اُس کے چہرے پر

پسینے کے کئی قطرے چمک رہے تھے۔ اس کی گرد آلود دبیز عینک پر پسینے کے قطرے پھیل کر چھوٹے چھوٹے دھبے بن چکے تھے۔

"پہلے چائے تو پی لیجئے!"

وہ پھر بولی۔

اس کے لہجے میں اکتاہٹ اور بیزاری تھی۔ سوچنے لگی، یہ بھی کیا طریقہ ہے کہ ابھی کمرے میں قدم نہیں رکھا کہ لگے ٹیڑھی میڑھی لکیریں بنانے۔ کیا رکھا ہے اس میں؟ قت نہیں تو اور کیا ہے؟ آخر اس میں ایسی کیا بات ہے کہ آدمی کھانا پینا ملک بھول جائے۔ اور —— اور کسی سے آدھے منھ بات بھی نہ کرے۔

"اوہ! —— تم چائے لائی ہو؟" اس نے چونک کر کہا۔ "عجب ہو تم بھی مجھ سے پوچھا تک نہیں!"

"اس میں کیا پوچھنا تھا؟"

"بھئی میں چائے پی چکا ہوں۔ تم نے خواہ مخواہ تکلیف کی!"

"تکلیف؟ —— لیکن آپ نے کہا بھی نہیں۔"

"ونڈر فل! بھئی اگر میں کہنا بھول گیا تو تم نے خود سوچا ہوتا۔"

اور اس نے کہنا چاہا، وہ کسی کے دل کی بات کیسے جان سکتی ہے؟ لیکن وہ چپ رہی اور واپس جانے لگی۔

"ارے سنو تو!" وہ مسکرایا۔

"کیا ہے؟"

"بھئی وہ مجھے آج پھر مل گئے، ہم نے ساتھ ہی چائے پی!"

"کون ——؟"

"ارے وہی پروفیسر صاحب۔ جن کے بارے میں پچھلے ہفتے کہا تھا۔ ونڈرفل آدمی ہیں۔ بس کھوئے کھوئے رہتے ہیں۔ صرف کافی پیتے ہیں۔ اُن کی آنکھوں میں بڑی اپیل ہے۔ بس خاموش بیٹھے ہیں۔ اور سگریٹ پی رہے ہیں۔ بہت پیارا آدمی ہے۔ اور سنو، وہ پرسوں اتوار کو یہاں آرہے ہیں۔ میں نے چائے پر بلایا ہے اُنہوں نے WORD دے دیا ہے۔ میرے آرٹ کے کچھ نمونے دیکھنا چاہتے ہیں۔ میں نے تو ٹال دیا تھا۔ لیکن وہ مانتے نہیں۔ اور ہاں، بہت اچھی چائے بنانا اُس دن۔"

"اُس دن ——————؟!"

"ہاں! وہ پرسوں ضرور آرہے ہیں!" وہ کہے جا رہا تھا۔

"لیکن میں پرسوں ماں کو دیکھنے جا رہی ہوں۔ اُس کی حالت خراب ہے!۔۔ آج ——————"

"ڈیئر فوزی! میں وہاں جانے سے کب روکتا ہوں تمہیں۔ بس ایک دن کا فرق ہے۔ اتوار نہ سہی، سوموار سہی۔ مہمان کوئی روز روز آتے ہیں!؟"

وہ اُسے اِس طرح سمجھا رہا تھا جیسے ایک اُستاد ایک کند ذہن بچے کو سمجھا رہا ہو!

"لیکن پچھلے دو ہفتوں سے ——————"

"بچپن وہی بات ——————"

اُس کے چہرے پر کئی شکنیں سمٹ کے آگئیں۔ جب بھی اُس کے جذبات میں کوئی تلخی پگھل جاتی، اُس کے چہرے پر لکیریں پھیل جاتیں۔ اور اُس کا چہرہ چھپا نکے ہو جاتا۔

"میں کہتا ہوں تم سمجھتی کیوں نہیں۔ بس بچوں کی طرح ضد کرتی ہو۔"

یہ کہہ کر وہ برش ہاتھ میں لے کر پھر تصویر کے خدوخال ابھارنے لگا۔ اور وہ اُس کی طرف دیکھتی رہ گئی۔ ایک آہ اُس کے سینے میں گھُٹ کے رہ گئی۔ اُس کے ہونٹ کپکپا کر رہ گئے۔ اور اُس نے نفرت اور غصّے سے بھری ہوئی ایک نظر شوہر پر ڈالی اور کمرے سے نکل گئی۔

---

اتوار کو پروفیسر صاحب آ گئے۔

وہ بڑے کمرے میں راج ناتھ کے ساتھ باتیں کر رہے تھے۔ اور آرٹ اور اُس کی مقصدیت پر اظہار خیال کر رہے تھے۔ راج ناتھ کہہ رہا تھا "آرٹ کا کوئی مقصد نہیں، مقصد آرٹ کا خون کرتا ہے"۔ وہ اُسے اپنے کئی خاکے اور تصویریں دکھا چکا تھا۔ ادھر شوبھا چائے تیار کر کے اور چائے کا سامان درست کر کے اب اپنے لہراتے ہوئے ریشمی بالوں کو لپیٹ رہی تھی۔ لیکن اُس کا خیال اپنی ماں کی طرف تھا۔ اُس کے احساس کو بچھو سے لگ رہے تھے۔ آج سویرے سے اُس کے دماغ میں عجیب عجیب اور ڈراونے خیال آ رہے تھے جیسے اُس کی ماں مر گئی اور اُس کی ارتھی۔ . . . . . اُف! کتنا منحوس خیال ہے۔ کون جانے آج اُس کی کیا حالت ہوگی؟ نہ جانے وہ اِس کے متعلق کیا سوچتی ہوگی۔ کتنی پتھر دل ہے۔ خون سفید ہو گیا ہے اِس کا۔ دو ہفتے گزر گئے اور میری خبر تک نہ لی۔ لیکن اُسے کون سمجھائے، یہ بات نہیں، یہ مجبور ہے، بے بس ہے۔ وہ ایک عجیب آدمی ہے۔ تمہیں نے تو آنکھیں بند کر کے اُسے اِس تاریک اندھیرے کنوئیں میں ڈھکیل دیا۔ اور آج اُس کا دوست آ گیا ہے۔ پروفیسر صاحب نہ جانے کون شریمان ہیں یہ! اِس کے برے کرموں کی سزا بن کر آئے ہیں۔

"ارے تم کھڑی کھڑی کیا سوچ رہی ہو، چائے کا کیا ہوا؟" ——
راج ناتھ دروازے پر رک کر بولا۔ اس کے چہرے پر ہلکی سی شگفتگی تھی۔

"بس چائے تیار ہے بالکل!"

"تو چلو!"

"ابھی آئی۔ آپ جائیے تو۔ مہمان کو تنہا چھوڑ دینا اچھا نہیں۔"

اور چند لمحوں کے بعد وہ چائے لے کر اندر آئی۔ شرمائی ہوئی اور سر جھکائے ہوئے۔ اس نے چھوٹی سی ٹی پائی پر پیالیاں رکھ دیں اور بھوتے سے دہکتے ہوئے سماوار سے چائے انڈیلنے لگی۔

"دیکھئے پروفیسر صاحب! کیا ونڈر فل چائے بنی ہے آپ کافی کو بھول جائیں گے۔ اوہ! میں تعارف کرانا تو بھول ہی گیا۔ یہ ہیں میری پتنی شوبھا دیوی، اور آپ ہیں پروفیسر ——"

"کیشور ——!" وہ بے اختیار بول اٹھی۔

"شوبھا ——!" اس کی آنکھیں کھلی کی کھلی رہ گئیں۔

"ونڈر فل! آپ تو پہلے ہی سے ایک دوسرے کو جانتے ہیں۔"
راج ناتھ نے قدرے بوکھلا کر کہا۔

"جی ہاں کیشور صاحب اور میں ایک ہی کالج میں پڑھتے تھے۔"
شوبھا نے کیشور کو خاموش دیکھ کر خود ہی کہا۔ وہ بہت مشکل سے کہہ سکی۔ اس کا دل ابھی تک بری طرح دھڑک رہا تھا۔

"OH I SEE"
راج ناتھ نے چائے کی پیالی کو گھورتے ہوئے کہا۔

"کیشور صاحب! آپ چائے پینا ہی بھول گئے۔ بھئی یہ ٹھنڈی ہو رہی ہے!"

"بس ابھی پیتا ہوں!"

کیشور نے قدرے چونک کر کہا۔ جذبات کی قوسِ قزح بن کر اس کے

چہرے پر کئی رنگ اُبھرے۔

---

شوبھا اس دن شام تک گم سم بیٹھی رہی۔ ماضی کی یادیں اس کے ذہن پر یوں اُبھر رہی تھیں جیسے کسی جھیل میں کنول کے پھول کھلتے ہیں۔ کیشور کالج کا ایک خوش رُو، حسین قامت نوجوان تھا "ڈبیٹنگ کلب" کا سکریٹری ہونے کے علاوہ میگزین کا ایڈیٹر بھی تھا۔ اور ساری لڑکیاں جس کی باتیں کرتیں۔ کوئی اس کے جسم کی تعریف کرتی، کوئی اس کی خوش گفتاری کی۔ اور کوئی اس کی خوب صورت آنکھوں کی۔ لیکن وہ کبھی اس کے بارے میں کچھ نہ بولی تھی۔

ایک دن جب وہ لائبریری کے ریڈنگ روم میں چلی گئی تو وہاں کیشور کے سوا اور کوئی نہ تھا۔ وہ ایک رسالہ پڑھ رہا تھا۔

وہ بیٹھ گئی۔

اس نے سوچا، فوراً اُٹھ کر چلے جانا مناسب نہ ہوگا۔ ورنہ کیا خیال کرے گا وہ اس کے متعلق۔ تھوڑی دیر "السٹریٹیڈ ویکلی" کی ورق گردانی کرکے جب وہ اُٹھی تو وہ بھی اُٹھا اور سامنے آگیا۔

"سنئے تو!"

وہ رُک گئی۔

"میں آپ سے کہنا چاہتا تھا کہ آپ میگزین کے لئے کیوں کچھ نہیں لکھتیں؟"

پہلے بھی دو بار نوٹس کرائی گئی یہ بات، آپ ضرور اس بار کچھ لکھئے۔ اور دوسری لڑکیوں سے بھی لکھوائیے۔"

وہ آنکھیں جھکائے ہوئے ایک دلنشین اور متین انداز میں کہہ رہا تھا۔

وہ بے حد متاثر ہوئی۔ اس کی شخصیت میں ایک وقار تھا۔ ایک کشش تھی۔ ایک جادو تھا۔

دوسرے ہی دن وہ بہت محنت سے لکھا ہوا ایک آرٹیکل لے آئی اور کیشور کو دے گئی۔ کیشور نے شکریئے کے ساتھ لے لیا اور وہ بے حد خوش ہوئی۔

---

"آپ تو کالج کی لڑکیوں کی لیڈر بن گئیں۔" کیشور سبزے کے مخملیں فرش پر بکھرے ہوئے انار کے شگوفوں سے کھیلتے ہوئے بے تکلفی سے بولا۔

"وہ کیسے؟" ہوا کے شریر جھونکے رہ رہ کر اس کے چمکتے ہوئے بالوں سے گلابی رنگ کا دوپٹہ سرکا رہے تھے۔

"آپ کا آرٹیکل چھپ گیا۔ اور اب سب لڑکیاں دھڑا دھڑ مضامین لکھ رہی ہیں۔"

اس کی خوبصورت آنکھیں مسکرائیں۔

"اوہ! یہ بات ہے!"

"اور سنیئے۔ میں چاہتا ہوں کہ آپ اس بار ڈبیٹنگ کے سالانہ مقابلے میں ضرور حصہ لیں۔"

"لیکن......"

"آپ کو ضرور حصہ لینا ہوگا۔ میں نے آپ کا نام پہلے ہی پروگرام میں چھپوا دیا

ہے!"

"تو آپ ہی میری طرف سے بولیں گے بھی!" وہ ہنسی۔

اور کیشور چُپ ہو گیا۔ شاید وہ اُس ہنسی کے خلوص اور بے تکلفی سے متاثر ہو گیا تھا۔

"دیکھئے، میں سچ کہتی ہوں" وہ متانت سے بولی۔ بولنے میں کوئی حرج نہیں لیکن آپ کی مدد کے بغیر، میرا مطلب ہے، جب تک آپ مجھے MAIN POINTS نہ بتائیں گے، میں . . . . ."

"یہ بھی کوئی بڑی بات ہے! یہ تو میں نے پہلے ہی سوچا ہے۔"

"آپ نے تو سب کچھ پہلے ہی سوچ کر رکھا ہے" وہ جذباتی ہو کر بولی۔ اُس کے کنوارے رخساروں پر ہلکی سی گلابی اُبھر آئی۔ اور اُس کا دل زور زور سے دھڑکنے لگا۔

کیشور یہ سُن کر چونک اُٹھا۔ جیسے وہ بیداری کی ایک حسین جنت میں آ گیا جہاں قدم قدم پر خوابوں کے پھول تھے۔ خوشبو تھی، رنگ تھے۔ وہاں سب کچھ تھا اُس کی آنکھیں آئینہ تھیں۔

---

دن گزرتے رہے۔

اور وہ ایک بار تین ہفتوں تک کیشور سے نہ مل سکی۔ وہ کتنی بے قرار رہی کیشور اُس سے ملنے کے لئے نہیں آتا۔ اور کئی بار پہلو بچا کر نکل گیا۔ وہ کتنی پریشان ہوئی آخر اُس دن تھرڈ پیریڈ کے بعد وہ باٹنی گارڈن میں چلی گئی۔ اور وہاں اُسے کیشور ملا۔ وہ اُس سے خفا تھا۔ اُس کی خفگی کتنی سخت تھی! اُس نے کافی اصرار کے بعد بتایا کہ ایک دن گرلز روم سے گزرتے ہوئے سب

لڑکیوں نے اُس پر۔ قہقہہ لگایا تھا۔ اور اُس کا قہقہہ بھی اُن میں شامل تھا۔ یہ سُنکر وہ کتنی ہنسی۔ اصل میں وہ لڑکیاں ایک نئے پروفیسر کو دُور سے آتے دیکھکر ہنسی تھیں۔ جو لیکچر دیتے ہوئے ہر جملے کے ساتھ UNDERSTAND, YOU SEE کا دُم چھلا لگا لیتا۔ اور پھر جب وہ بھی ہنس دیا تو اُس نے کہا کہ اب وہ تعلیم کو آگے جاری نہیں رکھ سکتی۔ کیونکہ اُس کی شادی کی بات پکّی ہو رہی ہے۔

یہ سُن کر وہ اچانک چُپ ہو گیا۔

وہ خاموش رہا۔ جیسے اُس کے ہونٹ سلے ہوئے تھے۔ اُس کی آنکھوں میں تلخیوں کے گہرے سائے پھیل گئے۔

اور جب وہ جانے لگی تو کیشور بھی اُس کے ساتھ چلنے لگا۔

"میں پہلے ہی جانتا تھا شوبھا!" وہ اُداس لہجے میں کہنے لگا" ایک دن ہمیں جُدا ہونا پڑے گا۔ مجھے تعجّب ہے کہ کسی نے تمہیں میرے متعلق کچھ نہیں بتایا۔ تو سُنو، ہم ایک دوسرے کے قریب نہیں آ سکتے۔ میرا باپ چپراسی تھا۔ اور اب پنشن پا رہا ہے ہمارے سماج میں چپراسی کی کوئی عزّت نہیں۔ حالانکہ وہ زیادہ محنت کرتا ہے، خیر، اور ہاں! تمہارے گھر والے، انہیں تو میں اچھی طرح جانتا ہوں۔ اور تمہیں نہیں معلوم شوبھا میرا باپ تمہارے باپ کے آفس میں چپراسی تھا۔ یہ ایک حقیقت ہے۔ لیکن، لیکن میں عجیب سا آدمی ہوں۔ ایک معمولی بات بھی SERIOUSLY لیتا ہوں۔ میں زندگی بھر تمہیں بھول نہیں سکتا میں تمہیں کبھی بھول نہیں سکتا۔"

وہ رُک گیا۔

اُس کا گلا رندھ گیا تھا۔

اُس کی پلکیں بھیگ چکی تھیں۔

---

اور اُس کی شادی ہو گئی راج ناتھ کے ساتھ۔ وہ اُس کے گھر والوں کا انتخاب تھا۔ راج ناتھ ایک آفس میں آفیسر تھا۔ وہ ایک دولت مند گھرانے کا چشم و چراغ تھا اُس کے والد نے اُس کے لئے کافی جائداد چھوڑی تھی۔ وہ ایک آرٹسٹ بھی تھا۔ یہ سب کچھ اُسے ماں نے بتایا تھا۔ اور وہ چُپ چاپ سنتی رہی اُس کے ہونٹوں پر حرفِ شکایت بھی نہ تھا۔

اور اب سسرال میں اپنے پتی دیو راج ناتھ کے ساتھ رہتے ہوئے اُسے دو سال سے زیادہ عرصہ گزر چکا تھا۔ پہلے پہلے وہ اپنی نئی زندگی کے ساتھ آئی ہوئی نئی ذمہ داریوں اور نئی مجبوریوں کو دیکھ کر جھنجھلائی۔ جھلائی اور روئی۔ اُسے اپنے پتی دیو کی صورت دیکھ کر وحشت ہوتی۔ اُس کا دل ڈوبنے لگتا۔ اور اُس کے خیالوں میں کیشور کی تصویر اُبھر آتی۔

"کیشور ــــــ کیشور ــــــ!"

وہ چیخنا چاہتی۔ لیکن اُس کی چیخ ایک گھٹی ہوئی آہ میں ڈھل جاتی۔ وہ تلملا اُٹھتی ــــــ!

اور کتنا وقت گزر گیا ــــ!

وقت گزرتا ہے۔ اور دلوں کے زخم بھر جاتے ہیں ــــــ!

وہ اپنی بے چینی کو بھول جانے کے لئے گھر کے کام کاج میں لگ جاتی۔ وہ نوکر سے صرف بازار سے چیزیں لانے کو کہتی۔ خود ہی کھانا پکاتی، کپڑے دھوتی۔ کمروں کی صفائی کرتی۔ اور دوسرے چھوٹے بڑے کام کرتی۔ اور اِس طرح اپنے آپ کو بھول جاتی۔

اور آخر وہ اپنے ماضی کو بھول گئی۔

زخموں کو بھول گئی ـــــــــــ کشور کو بھول گئی!

وہ اپنے ماضی کو دفن کر چکی تھی۔

وہ اطمینان کی زندگی بسر کر رہی تھی!

ـــــــ لیکن آج کیشور اُس کے سامنے تھا، ایک پروفیسر بن کر! اور اُس کی زندگی کا ماضی زندہ ہو کر اُس کی آنکھوں کے سامنے ناچ رہا تھا۔ اُس کے زخم ایک بار پھر کھِل چکے تھے۔ پھولوں کی طرح!

بے چینی میں جلدی سے اُس نے سوئچ آن کیا۔ کمرے میں روشنی ہو گئی۔ وہ چند برتنوں کو صاف کرنے لگی۔ لیکن اُس کا دل کیوں کانپ رہا تھا؟ اُس کے خیالوں میں بڑھتی ہوئی بے چینی کیوں تھی؟

---

اُسی ہفتے راج ناتھ نے اُسے بتایا، کہ اگلے اتوار کو پھر پروفیسر کیشور آ رہے ہیں۔ وہ یہ سُن کر دھک سے رہ گئی۔ اور راج ناتھ نے ایک پُر معنی نظر اُس کے چہرے پر ڈالی۔

اور پھر پروفیسر صاحب کبھی کبھی آتے رہے!

ایک دن جب کہ وہ دونوں کا انتظار کر رہی تھی، اُس نے دیکھا، کہ صرف کیشور آ رہا ہے۔ اُس کا پتی کہاں ہے؟ کیشور اکیلا کیوں آیا؟ اُسے نہیں آنا چاہئے تھا اُف! وہ کیوں اُس کے گھر آتا ہے؟

اور کیشور نے اُسے بتایا کہ راج ناتھ نے اُسے اپنے فون پر بتایا تھا کہ وہ پورے پانچ بجے ...... مکان پہنچے۔ وہ وہاں منتظر رہے گا۔ وہ ابھی تک نہیں آئے نہ جانے کیا بات ہے؟

"کیشور صاحب ——— !" شوبھا نے ماحول پر چھائی ہوئی گمبھیر خاموشی سے گھبرا کر کہا۔

"کہئیے!" کیشور نے خواب ناک آواز میں کہا۔

"آپ نے بھابی جی سے نہیں ملایا۔ کبھی انہیں یہاں ساتھ لائیے۔" وہ دل پر پتھر رکھ کر بولی۔ ایک رسمی انداز میں۔

"شوبھا دیوی! میں نے شادی نہیں کی ہے" ——— اس کے لہجے میں ٹھہراؤ تھا۔ گمبھیرتا تھی۔ "آپ کو معلوم نہیں، میں عجیب سا آدمی ہوں۔ معمولی باتوں کو بھی SERIOUSLY لیتا ہوں میں نے شادی نہ کرنے کا عہد کیا ہے۔"

"وہ کیوں؟" اسے محسوس ہوا، جیسے دھرتی گھوم رہی ہے۔

"زندگی میں، میں نے ایک لڑکی کو چاہا ہے۔" اس کے لہجے میں زہر کی تلخی تھی۔ "وہ میرے سپنوں میں اب بھی ہے۔ یہ آج سے کئی سال پہلے کی بات ہے لیکن میرے لئے یہ واقعہ ہمیشہ تازہ رہے گا۔ اور ہاں سماج نے اس لڑکی کو مجھ سے چھین لیا۔ لیکن کیا وہ واقعی مجھ سے چھین لی گئی ہے؟ نہیں ——— یہ غلط ہے۔ وہ آج بھی میری ———"

"کیشور بابو ———!" وہ پکار اٹھی

"سوری! ——— میں کچھ لیٹ پہنچا۔ شوبھا! جاؤ تم جلدی چائے لے آؤ۔ اور کچھ پراٹھے بھی لے آؤ۔ بھوک ایسی لگی ہے کہ کچھ نہ پوچھو۔ آپ کو بھی تو بھوک لگی ہوگی پروفیسر صاحب؟"

راج ناتھ بے ترتیب سانسوں میں کہہ رہا تھا۔ اور کیشور، اور شوبھا دونوں کی بدحواسی کا جائزہ لے رہا تھا۔

اس رات شوبھا کو ایک لمحے کے لئے نیند نہ آئی۔ رہ رہ کر کیشور کے

الفاظ اُس کے ذہن پر ہتھوڑے برسا رہے تھے۔ اُف! کیا یہ ایک حقیقت ہے؟ کیا کیشور نے سچ مچ شادی نہ کرنے کا عہد کیا ہے؟ کیسا آدمی ہے کیشور، وہ اپنی زندگی کو تباہ کرلے گا۔ اور ساتھ ہی اب اُس نے اُس کی زندگی میں بھی زہر گھول دیا ہے۔ اور اُس کے اطمینان اور سکون کو چھین لیا۔——— آف آس کے لہجے میں کتنی تلخی تھی، کتنی سچائی تھی۔ ایک ایک لفظ اُس کے دل کو زخمی کر گیا۔ اُس کے چہرے پر کتنی ویرانی ہے، کتنی اداسی! کاش! اُس کی اُداسی دور ہو جاتی۔ کیا وہ اُس کی اداسی کو دور نہیں کر سکتی؟——— وہ اب بھی کیشور کو چاہتی تھی۔ اپنے کلیجے کی پوری طاقت سے! ورنہ وہ کب اُسے بھول چکی تھی؟ وہ کب اُسے بھول سکتی ہے؟——— کیا وہ اُس کے لئے کچھ نہیں کر سکتی؟——— وہ اُس کے لئے کر بھی کیا سکتی ہے؟ وہ زنجیروں میں جکڑی ہوئی ہے۔ وہ زیادہ بے بس ہے——— زیادہ مجبور ہے، زیادہ کمزور———!

اور اُسے محسوس ہوا جیسے اُس کا دم گھٹ رہا تھا———!

---

اور پھر کئی ہفتوں کے بعد کیشور اُن کے گھر آیا۔ راج ناتھ کہیں باہر گیا تھا۔ وہ دونوں بیٹھے رہے۔ آج وہ اُسے دیکھ کر کتنی خوش ہوئی تھی۔ کاش وہ روز اُس کے پاس آجاتا۔ اُسے کتنا سکون مل جاتا۔

"یہی سوچتا ہوں شوبھا دیوی!" کیشور قدرے رک کر بولا۔" جب سے نہیں دیکھا ہے، میری حالت عجیب سی ہو گئی ہے۔ میں جانتا ہوں کہ مجھے ایسی بات نہیں کہنی چاہئے۔ لیکن مجھے بھروسا ہے کہ آپ مجھے معاف کرینگی ——— انسان کبھی کبھی بے بس ہو جاتا ہے۔ شوبھا! میں تمہیں اب بھی اُسی طرح چاہتا ہوں۔"

"کیشور بابو!" ــــــ وہ زور سے گرج اٹھی۔ "کس منہ سے آپ ایسی بات کہہ رہے ہیں۔ میں اُن کی ہو چکی ہوں، وہ میرے دیوتا ہیں۔ دھرم اور سماج نے مجھے اُن کی بنایا ہے۔ میں دھرم اور سماج کو دھوکا نہیں دے سکتی۔ اپنے آپ کو دھوکا نہیں دے سکتی۔ میں ایسی بے ہودہ باتیں نہیں سُن سکتی۔ آپ میرا اَپمان کر رہے ہیں۔ آپ یہاں سے جائیے۔ ابھی اِسی وقت ــــــ!"

"میں خود ہی جا رہا ہوں شوبھا دیوی!" ــــــ اُس کے لہجے میں اطمینان تھا۔ جھلاّہٹ نہ تھی ــــــ "صرف آپ کے گھر ہی سے دور نہیں، اِس شہر سے دور! ــــــ میں یہاں رہ کے اپنے ساتھ تمہاری زندگی بھی تلخ اور تباہ نہیں کرنا چاہتا۔ میں نے یہاں سے دُور، بہت دُور ٹرانسفر کرا لیا ہے میں آج آپ سے رخصت ہونے آیا تھا ــــــ اچھا نمستے ــــــ!"

اور جب وہ چلا گیا تو وہ دونوں ہاتھوں میں اپنا منھ چھپا کر پھوٹ پھوٹ کر رونے لگی۔

کئی لمحے گزر گئے ــــــ ویران اور اداس لمحے! جیسے کسی سنسان رات میں کسی بیوہ کے دل کی بھٹکی ہوئی آہیں!

اِتنے میں راج ناتھ گنگناتے ہوئے اندر آگیا۔

"ارے تم رو رہی تھیں؟"

"نہیں تو!"

وہ جلدی سے دوپٹہ سنبھال کر اٹھنے لگی۔

"ونڈر فل!!" ــــــ وہ کرسی پر بیٹھ کر بولا۔ اُس کے لہجے میں طنز کی ایسی نشتریت تھی کہ شوبھا کی رُوح چھلنی ہو گئی۔ اور اُسے یکدم احساس ہوا

جیسے راج ناتھ نے سب کچھ اپنی آنکھوں سے دیکھا تھا۔ لیکن وہ کیسے؟ وہ تو ابھی آیا۔ اور کیشور تو پہلے ہی گیا ہے۔ کہیں کیشور اسے راستے میں تو نہیں ملا؟ کہیں کیشور نے اُسے ساری کہانی تو نہیں سنائی؟ —— نہیں، وہ کبھی ایسا نہیں کر سکتا۔

وہ باہر جانے لگی۔

"کہاں چلیں حضور؟!"

لہجے میں وہی طنز تھا۔

وہ رُک گئی۔ اُس کی پیٹھ راج کی طرف تھی۔ اُس کے دل میں راج ناتھ کے خلاف نفرت کی تیز لہر دوڑ گئی۔

"بیٹھو، تھوڑی دیر کے لئے۔ سُناؤ پروفیسر صاحب سے کیا کیا باتیں ہوئیں؟"

"میں بھی کتنا احمق ہوں۔ وہ کہنے کی باتیں تھوڑی ہیں"

"آپ یہ کیا کہہ رہے ہیں؟"

اُس نے فوراً پلٹ کر عجیب نظروں سے اُس کی طرف دیکھا۔

"میں جو کچھ کہہ رہا ہوں، سچ کہہ رہا ہوں"

راج ناتھ کا لہجہ اچانک سخت اور سنجیدہ ہو گیا۔ اُس کا چہرہ بے شمار چہروں سے بھر گیا۔

وہ کانپ اُٹھی۔

"میں جانتا ہوں تم کیا ہو۔ میں اُسی دن جان گیا تھا، جس دن کیشور پہلے پہل یہاں آیا تھا —— تمہارے یہ آنسو —— ہا ہا ہا —— تم مجھے دھوکا دے کر ——"

"بس کیجئے، بھگوان کے لئے۔ میں آگے کچھ نہیں سن سکتی۔"

"ٹھہرو ——— ! تمہیں سب کچھ سننا ہوگا۔" ——— وہ کڑک کر بولا ——— تم میری آنکھوں میں دھول جھونک کر کیشور سے ——— "

"کیشور سے پیار کرتی ہوں۔ کیشور کو چاہتی ہوں ——— یہی کہنا چاہتے ہیں نا آپ؟"

اچانک اس کے تیور بدل گئے۔

اب وہ ایک بپھری ہوئی شیرنی تھی ——— !

"آپ جو کچھ کہنا چاہتے ہیں، سچ ہے ——— کیشور کو میں ضرور چاہتی ہوں۔ کیشور کو کوئی میرے دل سے نہیں نکال سکتا ——— آپ بھی نہیں کوئی بھی نہیں ——— کوئی بھی نہیں۔"

وہ زور زور سے کہہ رہی تھی۔

چیخ رہی تھی۔

اس کی آواز میں شعلے لپٹے تھے۔

اس کا سارا جسم کانپ رہا تھا ——— !!

اور دوسرے لمحے وہ منھ کو دونوں ہاتھوں میں چھپا کر زور زور سے رونے لگی۔

وہ سسک رہی تھی ——— !

اور راج ناتھ متوحش اور پریشان نظروں سے منھ کھولے ہوئے بت کی طرح ساکت رہ گیا تھا ——— !!!

——— ٭ ——— ٭ ——— ٭ ———

# پگھلتی چٹان

آفس کے پارک میں دور تک ننگے دھڑنگے چنار نرم نرم دھند میں اپنی باہیں پھیلائے کھڑے تھے۔ اِدھر اُدھر زمین پر سوکھے اور زرد پتے بکھرے تھے۔ آفس کا بوڑھا چوکیدار اور اس کی دو لڑکیاں بڑے انہاک سے ان پتوں کو ڈھیروں میں جمع کر رہی تھیں سورج کئی دنوں سے بادلوں کا دبیز نقاب اوڑھے ہوئے تھا۔

سلام خان، صاحب کے کمرے کے باہر بنچ پر۔ جیسے برف کی بڑی سِل کی طرح جم کر رہ گیا تھا۔ وہ برآمدے سے دور تخ بستہ، دھندلی خاموش فضا میں کھو گیا تھا۔ اس کی آنکھوں میں آگ کے انگاروں کی سی چمک تھی۔ اس کی دراز اور گھنی مونچھوں میں ایک غیر مرئی جنبش ہو رہی تھی۔ اس کے پھیلے ہوئے مضبوط جبڑے سختی سے کسے ہوئے تھے۔ اس وقت وہ زیادہ بارعب اور گمبھیر دکھائی دے رہا تھا۔ کبھی کبھی وہ چپکے سے ماضی کے کھنڈروں میں جاگھستا اور تھوڑی دیر کے لئے سب کچھ بھول جاتا۔ لیکن ایسے لمحے اس کی زندگی میں کبھی

کبھار آتے ——!

یہی موسم تھا —— سردی کے چبھتے ہوئے جھونکے، دھند میں لپٹی ہوئی فضائیں، کیمپ کے چاروں طرف گرے ہوئے پتوں کے ڈھیر اور وہ کیمپ میں باقی ساتھیوں کے ساتھ وہسکی کی آگ اپنی رگ رگ میں گھول رہا تھا۔ اتنے میں اسے تار ملا کہ اس کی بیوی کا انتقال ہو گیا ہے۔ اس وقت جیسے اچانک کئی گولیاں سنسناکر اس کے سینے کے پار ہو گئیں وہ اسی دن شام کو گھر پہنچا —— تھکاماندہ، اداس، خاموش زیبہ کی لاش ابھی تک گھر ہی میں تھی۔ کیونکہ اس کی ماں کے پاس کفن کے لئے پیسے نہ تھے۔ زیبہ مرچکی تھی۔ اس کی بادام جیسی آنکھیں ہمیشہ کیلئے بند ہو چکی تھیں — بادام کے شگوفوں پر اولے پڑ چکے تھے! زیبہ اس سے بچھڑ چکی تھی —— ہمیشہ کے لئے! وہ ایک خاموش سیدھی سادھی اور پیاری سی عورت تھی، جب کبھی وہ اسے برا بھلا کہتا یا اس کی ساس کسی کام پر ٹوکتی تو اس کے پرسکون چہرے پر ایک ہلکی سی شکن بھی نہ آتی برابر کام پر کام کئے جاتی، وہ اس سے کتنی محبت کرتی! اور اس کی شرمائی ہوئی مسکراہٹ! —— لیکن آج وہ مرچکی تھی، اس کی سرد لاش سامنے تھی، کاش اس نے حکیم صاحب کے بجائے ڈاکٹر کا علاج کروایا ہوتا، کاش وہ شہر سے، گھر سے دور نہ ہوتا! لیکن ——————؟

اور اس کی آنکھوں سے آنسو کا ایک قطرہ بھی نہ گرا

اس کی آنکھیں دہک رہی تھیں!

اور اس نے اپنے ہاتھوں سے زیبہ کو قبر میں اتار دیا۔

اور پھر اس کی آنکھوں کی رنگت بدل گئی، اس کی آنکھیں سرخی مائل زرد ہوتی گئیں، وہ خاموش رہنے لگا۔ اس کے چہرے پر زیادہ سختی اور تناؤ

آگیا اس کی باتوں میں تلخی اور کھردراپن پیدا ہوگیا۔ اس کے مزاج کا چڑچڑاپن بڑھ گیا۔ اس کی ماں اس سے خائف رہتی وہ چوری چھپے پیر دل فقیروں سے تعویذ گنڈے لے آتی۔ محلے والے سوچتے، کہ اب وہ بڑا آدمی بن گیا ہے۔ کچھ عورتوں کا خیال تھا کہ وہ کسی آسیب کا شکار ہے۔ کیونکہ اس نے جنگ میں بے شمار لوگوں کو قتل کیا ہے، کچھ کہتے کہ وہ رات کو مطلق نہیں سوتا، سلام خان ان باتوں کی کوئی پروا نہ کرتا۔ وہ اب سری نگر ہی میں ایک محکمے میں جمعدار کے عہدے پر مامور تھا، زیبہ کی وفات کے بعد ہی اس نے ملٹری سے استعفیٰ دے دیا تھا، اور ایک فوجی آفیسر کی سفارش پر وہ محکمہ مال میں ملازم ہو چکا تھا۔ وہ اب بھی بڑی باقاعدگی کے ساتھ شیو کرتا، اپنی وردی پر استری کرواتا، مونچھوں کو زیادہ نمایاں کرنے کی کوشش کرتا، اور پگڑی کا شملہ اس کے مضبوط اور بلند قامت جسم پر خوب جچتا۔

بہت دن سے اس کی ماں اس کے پیچھے پڑی ہوئی تھی کہ وہ دوسری شادی کرے، وہ بار بار کہتی، میں اب بوڑھی ہوگئی ہوں، ڈوبتے سورج کا کیا بھروسہ؟ اور اب کھانسی سے کلیجہ میرے منہ کو آتا ہے، روز ہی بخار رہتا ہے، میری بہو آتی، وہ گھر کو سنبھال لیتی اور میں آرام سے جان دیتی۔

اور وہ ہر بار خاموش رہتا ــــ ایک تھکا دینے والی خاموشی!

وہ خود بھی کبھی سوچتا کہ، اس کے ہونٹ کیوں نہیں ہلتے؟

اس کی ماں تو سچ ہی کہہ رہی ہے!

لیکن وہ دوسری شادی کا خیال کرتے ہی کانپ جاتا ــــ زیبہ اسے کیا کہے گی، وہ اس سے کتنی بار کہہ چکا تھا۔ زیبہ مجھے تم سے کتنی محبت ہے، میں دوسری عورت کی طرف آنکھ اٹھانا بھی گوارا نہیں کرتا اور یہ سن کر

زبیدہ کی آنکھوں میں آنسو آجاتے تھے!

اور جب ماں ایک مہینے کی شدید علالت کے بعد کچھ سنبھلی تو اُس نے دوسری شادی کرلی۔ یہ ایک عجیب عورت تھی، موٹی، بھدّی اور بے وقوف! اسے گندگی سے زیادہ لگاؤ تھا۔ اس کے موٹے چہرے پر چیچک نے خوب گلکاری کی تھی، وہ ہر وقت اس کی ماں سے جھگڑتی۔ جو بات ساس کرنے کو کہتی، اسے ٹال دیتی۔ پہروں تک سوتی رہتی! گھر کا کام کاج بھی وہ بے دلی سے کرتی۔ جتنے مٹی کے برتن، گھڑے، ہنڈیاں، بڑے برتن اُس کی ماں نے دن رات پشم کات کات کر جمع کر لئے تھے۔ اس نئی بہو نے ایک ایک کرکے چکنا چور کر دیئے تھے۔ سلام خان ان سب باتوں کو دیکھ رہا تھا وہ اپنی شعلہ بار آنکھوں سے بیوی کی طرف دیکھتا۔ لیکن اس کے بے ڈھنگے اور بدصورت چہرے کو دیکھ کر وہ دم بخود رہ جاتا، اور زور زور سے حقہ گڑ گڑانے لگتا۔

ایک دن جب وہ آفس سے آیا تو اس نے دیکھا کہ وہ اس کی ماں سے جھگڑ رہی ہے اور چیخ چیخ کر کہہ رہی ہے۔ ..... "تم کون ہوتی ہو مجھے ٹوکنے والی ڈائن۔ گھر کی مالک میں ہوں، بڑھاپے نے تیری عقل مار دی ہے۔" وہ دروازے پر سنتا رہا۔ اس کی ماں نے بیٹے کی جھلک دیکھ کر زور زور سے رونا شروع کیا، لیکن اِس کی بیوی کو ذرا سی بھی شرم نہ آئی، وہ ذرا بھی نہ جھجکی، جیسے اس کی آنکھوں کا پانی مر چکا تھا۔

اس کی آنکھوں سے آگ برسنے لگی۔

کیا وہ ایسی عورت کو اپنے گھر میں رکھ سکتا ہے؟

دن بھر فاقہ کرنے کے بعد ایک دن جب شام کو اُس نے کھانے کے

برتن میں ہاتھ ڈالا، تو اُس نے دیکھا چاول پھر کچے تھے۔ اُسے غصہ آیا اور اُس نے کچے چاول کے ساتھ ساگ ملایا، تو بہ! اِس ساگ میں مرچیں نام کو نہ تھیں صرف نمک!

"ساجی۔!" اس نے برتن کو چاول سمیت دیوار کی طرف پھینک دیا۔ ایک دھماکا ہوا۔

"یہ کھانا ہے یا تمہارا سر" وہ چلایا۔

"آپ کو مزا نہیں آتا۔ تو میں پلاؤ کہاں سے لاؤں، ہر وقت مجھی پر برس پڑتے ہیں۔ کسی دوسری عورت کو گھر کیوں نہیں لاتے۔ میں کل ہی میکے چلی جاؤں گی۔

اور اُس نے اسی وقت ساجی کو گھر سے نکال باہر کیا۔ ہمیشہ کے لئے کوئی بھی اس کے فیصلے کو بدل نہیں سکتا تھا۔

کئی سال گذر گئے، ساجی کے گھر والوں نے کتنے آدمیوں کو اُس کے پاس بھیجا، لیکن وہ چٹان کی طرح سخت رہا۔

اُس کی ماں اب ایک دائمی مرض کی شکار ہو چکی تھی۔ مشکل سے ڈیڑھ دو پاؤ چاول پکاتی، اور وہ بھی بیٹے کی محبت کی خاطر، اور کئی بار جب اُس کے دمے کی شکایت بڑھ جاتی، اور اُس کا سینہ دھونکنی کی طرح پھولنے لگتا، تو اُسے دن بھر کی تھکاوٹ کے باوجود خود ہی کھانا پکانا پڑتا۔

اُس نے ایک عورت سے شادی کر لی۔ شادی کے بعد اس کی بیوی ایک دو بار اُس کے گھر آتی تھی۔ لیکن اب کل سے وہ مستقل طور پر آگئی تھی۔

یہ خیال آتے ہی اس کے تصور میں کوئی ہلکی سی لہر بھی نہیں اٹھی اس کی دھڑکنوں میں کوئی شوخی نہ مسکرائی۔ اس کے برعکس اس کے چہرے پہ بیزاری

اور تلخی کے سائے پھیل گئے!

"مجھے صاحب سے ملنا ہے" کوئی آدمی صاحب سے ملنے آگیا تھا۔

جمعدار کو متوجہ نہ پاکر وہ پھر کہنے لگا۔

"مجھے ضروری کام ہے جمعدار"

"کام دام کچھ نہیں" صاحب اس وقت نہیں مل سکتے۔"

وہ اچانک اپنی کھردری آواز میں گرج اٹھا۔ جیسے بم کا گولہ پھٹ گیا ہو اس کی مونچھیں تھرائیں)۔ اور وہ بنچ سے اٹھ کر برآمدے میں اِدھر اُدھر چلنے لگا۔ یہ کون سا وقت ہے صاحب سے ملنے کا۔ عجیب لوگ ہیں ــــــ"

وہ زیرِ لب بڑبڑا رہا تھا۔

بوجھل قدموں کے ساتھ جب وہ گھر کی طرف آرہا تھا۔ تو پھر زیبہ کی یاد رہ رہ کر اُس کے دل میں خنجر چبھو رہی تھی ــــــ زیبہ زندہ ہوتی تو وہ کتنا خوش ہوتا ــــــ وہ کیوں مرگئی ــــــ زیبہ سے اس کا محض جسمانی تعلق نہ تھا، وہ اس کی روح کی قرار تھی، اور اگر روح کا قرار چھین لیا جائے تو ــــــ؟

اس کی نئی بیوی بالکل جانور تھی، شادی کے پہلے سات دنوں ہی میں وہ اس سے نفرت کرنے لگا ــــــ شدید نفرت! ظاہری خدوخال سے وہ اچھی ہے۔ تو کیا ہوا؟ وہ ہے دراصل حیوان ــــــ صبح کے 9 بجے نیند سے اٹھتی۔ اور ہر وقت سر کے درد کا بہانہ کرتی۔ اُسے نئے گھر، نئے آدمیوں، نئی زندگی اور نئی ذمہ داریوں کا مطلق احساس نہ تھا، اسے اپنی ساس کا کوئی کھٹکا نہ تھا، وہ چپکے سے گھر سے نکل جاتی، اور ہمسایہ عورتوں سے پہر دن تک باتیں کرتی، گھر کی ہر چھوٹی بڑی بات ان سے کہتی، اُسے ساس کے سامنے بھی شرم نہ آتی ــــــ

کتنی بری عادت ہے ایک بار، جب ساس نے اسے محلے کی کئی عورتوں کے سامنے زبان کی قینچی چلانے پر ٹوکا۔ تو وہ فوراً سر کے درد کا بہانہ بنا کر لحاف میں گھس گئی۔ اور روتی رہی۔ کس مصیبت میں اس کی جان پھنس گئی، کتنی منحوس عورت ہے، کاش اس نے یہ تیسری شادی نہ کی ہوتی !۔

وہ جب صحن کے اندر داخل ہوا تو ٹھٹک گیا۔ کمرے کے اندر کسی عورت کے رونے کی آواز آرہی تھی۔

یہ گاشی ہی تو ہے !

شاید آج کوئی نیا گل کھلا ہے۔ — وہ جھنجلایا — اس کا خون کھولنے لگا۔ اس کی مونچھیں تھرائیں۔ اور آنکھوں کی سرخی الاؤ بن گئی —— وہ ایسی ڈائن کو اپنے گھر میں نہیں رکھ سکتا۔ اس کی نحوست بھرے گھر کو ویران کر دے گی۔ اُسے آج ہی کوئی قدم اُٹھانا چاہیئے نہیں تو ——————

وہ اندر داخل ہوا —— ایک پاگل کی طرح !

باورچی خانے کے ایک حصّے میں جہاں میلی سی چٹائی بچھی تھی، اس کی ماں کے پرانے بستر کے گرد کئی اور چہرے تھے۔

پہلی نظر میں وہ انہیں پہچان نہ سکا۔

وہ دروازے پر کھڑا رہا۔ اور اس نے دیکھا، ماں کے سرہانے ساجی کا بوڑھا باپ بیٹھا ہے۔ سر کو پیرہن کے گریبان میں ڈالے ہوئے ماں کے قدموں پر ساجی اپنے موٹے جسم کے ساتھ بیٹھی رو رہی ہے، اس کی آنکھوں سے آنسو بہہ رہے ہیں۔ روتے روتے اس کا موٹا سا بھدا چہرا سرخ ہو گیا ہے۔ کمرے کے اس طرف گاشی ہے۔ چپ چاپ، اس کی پلکوں پر بھی آنسو کانپ رہے ہیں۔

"یہ سب کیا ہے ___ ؟" وہ چیخ اُٹھا۔

سب خاموش تھے۔ خاموشی کی گود میں ساجی کی ہلکی ہلکی سسکیاں ڈوب رہی تھیں۔

"کیا دیکھ رہی ہو احمق لڑکی ___ " ساجی کا باپ ہمت کر کے بولا۔ "اپنے گناہوں کی معافی کیوں نہیں مانگتی۔ ماں کے قدموں پہ کیوں نہیں گر پڑتی ___ ؟"

اتنے میں ساجی نے سر سے دوپٹہ اُتار کر اپنی ساس کے قدموں پر ڈال دیا، اور خود چٹائی پر ماتھا رگڑ رگڑ کر زور زور سے رونے لگی۔

کمرہ اس کے رونے کی دلدوز آواز سے گونج رہا تھا۔

"بس، بس، میری بیٹی!" اسکی ساس بھرائی ہوئی آواز میں کہنے لگی۔ "ہمارا دل، اب صاف ہو گیا، اُٹھو سر کو ڈھانپ لو، جب خدا اور رسول بخشتے ہیں۔ تو ہم کون ہوتے ہیں بھلا؟ خدا تمہیں ہدایت کرے۔ دونوں شیر و شکر بن کر رہو ___"

وہ رک رک کر کہہ رہی تھی۔ اس کے چہرے کی جھریوں میں نور کی ہلکی لکیریں سی پھوٹ رہی تھیں۔ اور وہ اپنے لختِ جگر کی طرف دیکھ رہی تھی جیسے وہ اس کے دل کی ہی بات کہہ رہی ہو۔ آخر اس کے بیٹے کی رگوں میں بھی اسی کا خون ہے!

غلام خان بت کی طرح ساکت کھڑا رہ گیا تھا۔

اس کے چہرے پہ تاریکی پھیل رہی تھی۔

اس کے ہونٹ ساکن تھے۔

لیکن اس کے خیالوں میں کئی لہریں اُٹھ رہی تھیں۔

لہریں ٹکرا رہی تھیں !

خزاں کی دھند پھیلتی جا رہی تھی۔

دُور دھندلکوں میں چھپے ہوئے چناروں کی اوٹ میں آنسو بھری آنکھیں ابھر رہی تھیں ۔ ۔ ـــــ ساجی اور گاشی کی آنکھیں !!

اور زیبہ ـــــ ؟

جاؤ ساجی، سلام کے لئے آج تم ہی چائے بناؤ، آٹھو اسے بھوک لگی ہوگی ـــ اور ہاں گاشی تم کیا دیکھتی ہو، جاؤ کانگڑی میں آگ بھر لو ـــ ؟

اچانک وہ کمرے میں چلا آیا اُسکے منجمد ہونٹوں پر ایک ارتعاش تھا۔

ماں ! زیبہ ـــــــ ساجی ـــــــ اور گاشی !!

# چاندنی بکھری

اُس نے چار بجے ٹھنڈے پانی سے غسل کیا، اُس کا جسم تازہ گلاب کی طرح کھل اُٹھا، چمپئی رنگ کی ایک نئی ساڑی میں ملبوس اُس کا لہراتا ہوا بدن خوبصورت انداز میں گندھے ہوئے گھنے ریشمی بال، بادامی آنکھوں میں کاجل کی ہلکی سی تحریر، رخساروں پر ہلکے غازے کی سرخی ——— اُس نے ہر زاویئے سے اپنی جوانی اور حسن کو آئینے میں دیکھا۔ وہ مسکرائی اور لجا کر آئینے کے سامنے سے ہٹ گئی،، اب وہ اٹھائیسویں سال میں قدم رکھ رہی ہے آج بھی وہ حسین ہے اور جوانی کے انگارے اُس کے بدن میں سلگ رہے ہیں یہ سوچ کر وہ کھو سی گئی ——— سوچ ہی انسان کو وقت سے پہلے بوڑھا بنا دیتی ہے، یخ بستہ اور مریض سوچ، یہ سوچ کئی برس سے اُسے اندر ہی اندر کھوکھلا کر رہی تھی، اُس کا جسم برف کی ایک سِل بن گیا تھا۔ اور اُس کی روح میں سنگیت کی اُمڈتی ہوئی لہریں منجمد ہو چکی تھیں۔ سنگیت مر چکا تھا، اور ——— اور وہ بھی مر چکی تھی، لیکن پنکج! وہ تو ایک مسیحا ہے، وہ زندگی بن کر آیا، سنگیت کی لہریں جاگ اُٹھیں، قوسِ قزح کے رنگ چمکے وہ پھر دس بارہ سال پہلے کی سرلا

ہو گئی، اپنے آنچل میں ایسے خوابوں کے پھول چننے والی؛ اُس کی سوچ میں حسن آگیا، حسن اور توانائی! جب سوچ میں بہار آتی ہے تو انسان کا ہر لمحہ ابدی بن جاتا ہے ———— پھر وہی سوچ؟ خوب! ارے دیر ہو گئی ساڑھے چار تو بج چکے ہیں، روپا بھی کالج سے آرہی ہوگی، اسے اب جانا چاہئے۔ تیج بیقراری سے اُس کا منتظر ہوگا ———۔ اِس بار تمہیں اپنے فن کا کمال دکھانا ہے سرلا! تیج نے کل کہا تھا، اور شرم سے اُس کے چہرے پر چنگاریاں دَوڑ گئیں، وہ اُسے کیا کہتی، اُس نے پچھلے دو سال سے، کنٹریکٹ واپس کر دیے ہیں اب اس کا کہیں پروگرام نہیں ہوتا، کبھی کبھی وہ روپا کے اصرار پر ستار گود میں لیتی ہے، صرف روپا کے لئے، وہ روپا پر کیوں ظلم کرتی؟ اُسے روپا میں ایک ابھرتی ہوئی گلوکار دکھائی دی تھی، اُس کی تھوڑی سی توجہ اور دلچسپی سے وہ فن کی بلندیوں کو چھو سکتی ہے۔ چند ہی برسوں میں وہ موسیقی کے اسرار و رموز سمجھ چکی تھی، لیکن خود اُسے ایک عرصے سے اپنے فن، اپنے آپ سے وحشت سی ہوتی رہتی تھی۔ وہ کچھ نہ کہہ سکی۔ اُس کے ہونٹوں کو کوئی حرکت نہ ہوئی۔

وہ ٹھیک وقت پر سنگیت اکادمی پہنچی، تیج باہر کھڑا اُس کا انتظار کر رہا تھا، اُس نے پیار بھری مسکراہٹ سے اُس کا خیر مقدم کیا، پروگرام، ساڑھے پانچ بجے شروع ہو رہا تھا، وہ اس کمرے میں بیٹھی، جہاں دوسرے آرٹسٹ بھی تھے، ہال میں لوگ جمع ہو رہے تھے، وہ چاہتی تھی کہ پروگرام جلد شروع ہو اُسے پورا یقین تھا، کہ اُس کی پرفارمنس خاصی کامیاب ہوگی، اور پھر تیج بہت مسرور ہوگا، اُس کے دل دھڑکن تیز ہو رہی تھی۔

پروگرام شروع ہونے تک تیج کئی بار اُسکے پاس آیا، مسکراہٹ کی روشنی

بکھیرتا ہوا، وہ بہت مصروف تھا اِدھر اُدھر دوڑ رہا تھا، پروگرام شروع ہوا اور اناؤنسر نے اعلان کیا کہ مشہور کلاکار سرلا دیوی بھی اِس پروگرام میں شرکت کر رہی ہیں یہ نام سن کر ہال لوگوں کی تالیوں سے گونج اٹھا، سرلا کے چہرے پر کئی رنگ بکھرے، اور نیتج مسکرایا اُس کی بڑی بڑی آنکھوں میں فخر کی چمک آئی، اور جب قمقموں کی جگمگاتی سبز روشنی میں سرلا دوسرے سازندوں کے درمیان ستار کے تاروں پر زخمہ زن ہوئی تو لوگ بے خود سے ہو گئے۔ سرلا کے دل کی آگ، ستار کے تاروں میں ڈھلنے لگی، فضا پر رنگ و نور کی لہریں رقص کرنے لگیں۔ وہ شکیل کی ایک غزل کے ایک ایک شعر میں اپنی روح کا سارا سوز و گداز، بانکپن اور تاثیر سمونے لگی۔ اُس کی آواز میں جادو تھا، پھول برس رہے تھے، اور دل کیف و مستی میں ڈوب رہے تھے۔ سرلا کی آواز میں کنوارے پن کا تقدس تھا، نرمی اور شیرینی تھی ــــــ نیتج احساسِ مسرت سے جھوم رہا تھا۔ سرلا اُس کی تھی، صرف اُس کی! اور وہ اُس کے فن کی لطافتوں کا مالک ہے، اُس کا مختار! وہ اُسے جیت چکا تھا، اور جب پروگرام ختم ہوا، ساز خاموش ہو گئے، نغموں کی لہریں ڈوب گئیں تو کمرے میں نیتج اور سرلا بیٹھے چائے پی رہے تھے۔

"تمہیں پا کر میں نے سب کچھ پا لیا ہے، تم سنگیت کی دیوی ہو، سرلا!" نیتج اُس کے بہت قریب بیٹھا تھا، اُس کے لہجے سے خوشی ٹپک رہی تھی۔

وہ خاموش تھی، یہ جملے وہ کئی بار نیتج کی زبان سے سن چکی تھی۔ اور ہر بار اُسے محسوس ہوا، جیسے اُس کی زندگی کی ویرانیوں میں بہار آئی ہے! اور آج ــــــ؟ آج وہ نیتج کی زبان سے کچھ اور سننا چاہتی تھی، کچھ اور!

اُس کا دل ڈوب رہا تھا، اُس کے خیالوں میں لرزش تھی، اُس کا جسم پسینے پسینے ہو رہا تھا، تیج ایک خوبرو اور خوش اخلاق آدمی تھا، تھوڑے ہی عرصے میں اُس نے اکادمی کی شہرت کو بامِ عروج پہ پہنچا دیا تھا، اُسے شہر کے تگ بھگ سارے فنکاروں کا تعاون حاصل ہو چکا تھا، اور جب سے وہ سرلا سے مِل چکا تھا، اُس کی شخصیت کے نقوش اُس کے دل میں بیٹھ گئے تھے، تیج نے نہایت بے تکلفی سے کہا تھا کہ اُسے سرلا کی ضرورت ہے! وہ مِل کر اکادمی چلا بیٹھیں گے، اور ہمیشہ ساتھی رہیں گے! کیا اُس کی باتوں میں جادو تھا؟ جادو نہیں، خلوص، خلوص کی روشنی ——— یہ روشنی اُسے کہیں نظر نہ آئی تھی، اُس روشنی کے دھارے کے ساتھ وہ بہہ نکلی۔ یہی اُس کی منزل ہے، یہی اُس کی تقدیر ہے! اور وہ خود بھی آگے بڑھی۔ اپنی تقدیر کی تابانیوں کو دامن میں سمیٹنے کے لئے! اب کے ذرا بھی کوتاہی ہوئی، تو روشنی کا یہ دھارا نہ جانے کہاں کھو جائے گا، اور ——— اور وہ پھر کہاں تاریکیوں میں بھٹکتی پھرے گی، کب تک؟ اُسے اندھیروں سے نفرت ہے، نفرت! وہ اُجالوں کی متوالی ہے، اُجالے —— !! اُس نے پیار سے چھلکتی ہوئی نظر تیج کے دمکتے ہوئے کلین شیو چہرے پر ڈالی، وہ کھو سی گئی، نرم نرم اُجالے، نیکی، لیکن دُور اُجالوں کے اُس پار تاریکی ہے، تاریکی کے دیوتا، یہ کب تک اُس کا تعاقب کرتے رہیں گے؟ — ریڈیو کے مسٹر کمار، مشہور شاعر ——— تمہاری آواز میں پھول کا اُجالا ہے، نور س پھولوں کا تمن ہے سرلا ——— رات کے دس بجے سٹوڈیو کے ایک کمرے میں! اُس کا ہاتھ اپنے ہاتھ میں لے کر وہ شاعرانہ تصورات میں کھو گئے تھے۔ اور جب سرلا نے دبی آواز میں شادی کی بات کی

تو اُن کے شاعرانہ خیالات بکھر گئے ——— اور پھر پروفیسر داس ———
سرلا دیوی آپ اس دور کی عظیم فنکار ہیں!، وہ فن کی اہمیت پر عالمانہ تقریر کرنے کے بعد عموماً کہتے، اور جب سرلا کے ریٹائرڈ والد صاحب نے اُنہیں سرلا کے لئے شادی کا پیغام بھجوایا، تو وہ ایسے غائب ہوئے، جیسے گدھے کے سر سے سینگ!

اور پھر ——— وہ ——— اُف! تاریکی کے بھوت ———!

وہ کانپ اُٹھی!

"کیوں سرلا، خیریت ہے؟"

"جی ——— جی کچھ نہیں" وہ سنبھل گئی، مجھے سہارا دیجئے، مجھے روشنی کی ضرورت ہے، یہ تاریکی کے بھوت میرا تعاقب کرتے ہیں، انہیں گولی مار دیجئے، مجھے اپنی مضبوط بانہوں میں چھپا لیجئے، میں صرف کلاکار نہیں عورت ہوں، میری زندگی ہے، میرے ارمان ——— "

"اب تو تمہیں دیر ہو رہی ہے" وہ سرلا پر ذرا سے جھک گیا تھا۔

"تم جاؤ گی اب، سچ کہدوں، جی نہیں چاہتا تمہارے بغیر کوئی لمحہ گزرے!"

اُس کی آنکھیں حیا کے بوجھ سے جھک گئیں، اچانک پنج نے اُس کا ہاتھ اپنے ہاتھ میں لے لیا۔

کئی مہینے بیت گئے!

سرلا مسرور تھی، اُس کی دھڑکنوں میں نغموں کے غنچے چٹک رہے تھے، وہ معیّن وقفوں کے بعد اکادمی میں اپنا پروگرام پیش کرتی، رتنا بھی وہاں اپنا پروگرام پیش کر چکی تھی، اُس کے فن کو بھی سراہا گیا۔ سرلا پھولی نہ سمائی، اس کی خود اعتمادی اُسے واپس مل گئی تھی۔ اس نے ریڈیو

کے بھی چند کنٹریکٹ منظور کر لئے تھے۔ وہ ماضی کی تلخیوں کو بھول چکی تھی، اس نے تاریکیوں کو لاشعور کی پہنائیوں میں گم کر دیا تھا، روشنی کی منزل اُس کے سامنے تھی۔ وہ دن رات اپنے فن کو نکھارنے میں مصروف رہتی، اُسے بے اندازہ روحانی سکون ملتا، اُس کے نغموں میں رعنائی اور زندگی مچل اُٹھتی، اُسکی آواز میں چاندنی تھی، چاندنی نکھر رہی تھی، اب اُسے صرف اُس دن کا انتظار تھا جب پنج اُسے دُلہن بنا کر گھر لے جائے گا، اور پھر وہ دونوں مل کر سنگیت اکادمی کے لئے دن رات ان تھک کام کرینگے، یہی اُن کی آرزو تھی، کتنے ملتے جلتے ہیں اُن کے خیالات! گویا وہ جنم جنم کے ساتھی ہیں، واقعی وہ ایک دوسرے کے لئے پیدا ہوئے ہیں! کتنی بار پنج اُس سے یہ بات کہہ چکا تھا، اور وہ خود بھی یہی محسوس کرتی تھی، پنج اُس کا دیوتا ہے، اور وہ خیالوں میں اُس کے چرنوں کو چھوتی ہے، پیار اور عقیدت سے سرشار ہو کر اور آج ——— آج بھی وہ پنج سے ملنے جا رہی ہے اب تو دیر ہو رہی ہے، وہ جلدی سے اُٹھی، آئینے کے سامنے آئی، اُس نے گھنے جھکتے ہوئے بالوں کو گوندھ لیا، کیا اُس کے بال ریشم کی طرح نرم ہیں! کیا ان میں خوابوں کا جادو ہے؟ ہوگا، اُسے نہیں معلوم، پنج کو تو اس کی ہر چیز پیاری لگتی ہے ——— بادامی آنکھیں، گلابی رخسار، شرابی ہونٹ ——— اور نہ جانے کیا کیا! وہ تو پورا شاعر ہے، یہ شاعر بھی کتنے پگلے ہوتے ہیں! وہ مُسکرائی۔

دوسرے لمحے وہ تیار ہو گئی، جانے سے پہلے اُسے روپا کو کہنا چاہئے کہ وہ آج ذرا دیر سے لوٹے گی، پتاجی آئیں گے تو ان کے لئے چائے وقت پہ تیار کرے وہ گنگناتی ہوئی اپنے کمرے سے نکل کر برآمدہ پار کر کے دوسرے کمرے میں آئی، جہاں روپا پڑھتی تھی اور سوتی تھی۔ وہ اندر آئی، روپا وہاں نہ تھی نہ جانے کہاں گئی؟ روپا ——— روپا ——— وہ پکارنے لگی، کوئی جواب نہ پا کر وہ واپس ہونے

لگی، دیوار کے ساتھ ستار اور ہارمونیم تھے خاموش خاموش! شاید وہ اپنی ہم جماعت سہیلی کے پاس گئی ہے، وہ تو ابھی تھوڑی دیر پہلے ستار بجا رہی تھی۔ اُس کی نظر پھر ستار سے ٹکرائی، وہ رُک گئی، ستار کے پاس کاغذ کا ایک رنگین پرچہ تھا وہ نزدیک آگئی، دوسرے لمحے اُس کے ہاتھ میں ایک مختصر خط تھا، تیج کے ہاتھ کا لکھا ہوا،

روپا کے نام ——————

میری گڑیا!

تمہیں کو پا کر میں نے سب کچھ پا لیا ہے، تم سنگیت کی دیوی ہو، تم شاید کل میری باتوں سے بُرا مان گئیں۔ تم خاموش ہو گئیں محبت کے جذبات میں نہ جانے میں کیا کیا کہہ گیا، اتوار کو سرلا دیوی نہیں آ۔ رہی ہیں، تم آنا ضرور، انتظار کروں گا! ——————

تیج

اُف!!

سرلا کی آنکھوں میں اندھیرا چھا گیا، اُس کے دل کی دھڑکن رک سی گئی، یہ خواب تو نہیں؟

نہیں، یہ حقیقت ہے! خط اُس کے ہاتھ میں ہے، اُف! —— اُسے ایسا محسوس ہوا جیسے ساری کائنات زلزلے کے ایک شدید جھٹکے سے زیر و زبر ہو گئی۔ قریب تھا کہ وہ چکرا کر گر جاتی۔ وہ فوراً ایک کواڑ کا سہارا لے کر، کمرے سے نکلی گرتی پڑتی سیدھی اپنے کمرے میں آگئی اور دروازہ اندر سے بند کر کے فرش پر گر پڑی۔

وہ ایک حیات شکن تلاطم سے گزر رہی تھی!

اور جب وہ اُٹھی، تو شام کے سائے گہرے ہو چکے تھے۔ کمرے پر اندھیرے لپک رہے تھے، وہ اِن اندھیروں کو دیکھتی رہی آنکھیں پھاڑ پھاڑ کر ــــــ وہ چیخنا چاہتی تھی، اُن اندھیروں کا گلا گھونٹنا چاہتی تھی، لیکن اُس کے ہونٹ ساکن تھے۔ وہ پھر فرش پر گر پڑی۔ اُسے اچانک محسوس ہوا کہ اُس کے اندر کی حساس، جذباتی کلاکار سرلا مر چکی ہے، سنگیت مر چکا ہے، اور اُس کی لاش زندہ ہے ــــــ لاش ـــــ!

لیکن رُوپا ـــــــ؟

کیا وہ بھی مر جائے گی؟

ــــــ نہیں۔ نہیں، رُوپا اُس کی بہن ہے، وہ اُسے مرنے نہ دیگی، وہ ایک عورت رہے گی، صرف عورت! کلا عورت کو موت کی طرف لے جاتی ہے۔ وہ اچانک اُٹھ کھڑی ہوئی، ایک پاگل کی طرح، اور لپک کر ہانپتی ہوئی، کمرے سے نکلی، اور روپا کے کمرے کی طرف دَوڑی، دروازہ بند تھا، وہ زور زور سے دونوں ہاتھوں سے، دروازہ کھٹکھٹانے لگی،

دروازہ کھُل گیا!

روپا گود میں ستار لئے، دنیا و مافیہا سے بے خبر، ایک دلگداز اور اُداس دُھن بجا رہی تھی، اُس کے بال کھُلے تھے، اور شانوں کے لہراتے ہوئے دائیں بازو پر گھٹا بن کر بکھرے تھے، اُس کے کنوارے رخساروں پر جذبات کی قوسِ قزح تھی، اُس کی پلکوں پر ستارے تھے، اور ستارے ٹوٹ ٹوٹ کر اُس کے چاند جیسے چہرے پر لڑھک رہے تھے!

سرلا نے رُوپا کو اِس حال میں دیکھا، وہ دیکھتی ہی رہی ــــــ حیران سحرزدہ، خاموش!!

ایک طویل لمحہ گزر گیا ــــــــــ

نغمے کی لہریں تھر تھرا کر بکھر گئیں!

"کیوں باجی! کب لوٹیں اکادمی سے؟"

روپا چل کر سرلا کے پاس آئی، اور بازو اُس کی گردن میں ڈال کر بولی۔

سرلا اُسے دیکھتی رہی، کھوئی کھوئی سی، اُس کی آنکھوں میں آنسوؤں کا سیلاب اُمڈ رہا تھا ــــــــ!

# ٹوٹ گئے آئینے

اچھا ہوا امّی کی آنکھ لگ گئی۔ کچھ دیر یہاں بیٹھی رہوں گی اطمینان سے کتنی ٹھنڈی جگہ ہے۔ نل سے گرتا ہوا ٹھنڈا پانی۔ یہ سیمنٹ کا بنا ہوا حوض اور لکڑی کی یہ دیواریں اور چھت۔ جی چاہتا ہے دن بھر یہیں پڑی رہوں سیمنٹ کے اس ٹھنڈے فرش پر لیٹی رہوں۔ یہ ٹھنڈی اور پرسکون جگہ۔ ٹھنڈی ہوا کے جھونکے۔ خاموشی۔ باہر تو دھوپ نہیں، آگ برس رہی ہے۔ شیلا کا کتا جو کسی ہمسایہ عورت کو پانی لینے کے لئے اندر نہیں جانے دیتا، اس وقت زبان باہر نکالے دیوار کے سائے میں ہانپ رہا ہے۔ بڑا خوفناک کتا ہے لیکن میں آتی ہوں تو دور ہی سے دُم ہلاتا ہے۔ ارے نل میں پانی بہت کم ہو گیا ہے۔ سنا ہے نل میں پانی کم ہی آتا ہے گرمیوں کے موسم میں۔ کہاں سے آتا ہے یہ پانی؟ دریاؤں سے، ہشت! دریاؤں کا پانی گندہ ہوتا ہے۔ شیلا جب اسکول جانے لگی تھی تو کہتی تھی کہ پانی پہاڑوں سے آتا ہے۔ برف پگھلتی

ہے۔ پانی جمع کیا جاتا ہے۔ اور نہ جانے کیا کیا، اور۔ ۔ ۔ ۔ اب تو پانی پتلی سی دھار میں بہہ رہا ہے، جیسے چاندی کا تار، اور یہ آواز! عجیب سی آواز نکلتی ہے گھڑے سے۔ جیسے شہد کی مکھیاں بھنبھناتی ہیں سنتے سنتے نیند سی آنے لگتی ہے۔ نہ جانے کتنی دیر میں گھڑا بھر جائے گا۔ امی ڈانٹ تو نہیں دیں گی۔ وہ پاؤں پسارے سو رہی ہیں اور میں نے پہلے ہی گھر کا سارا کام کر لیا ہے۔ برتن دھو لئے ہیں۔ چاول صاف کر لئے ہیں۔ آلو کاٹ لئے ہیں۔ جھاڑو لگا لی ہے۔ اور ہاں پانی کے گھڑے لائی ہوں۔ کیا مصیبت ہے جسم تھک کر چور ہو گیا ہے۔ دیکھو میرے سر میں بھاری پن ہے۔ ٹانگیں اور بازو بھی اکڑ گئے ہیں۔ سارا جسم درد کر رہا ہے۔ اور کام پہ کام کئے جاؤ۔ کیوں؟ تم کنواری ہو۔ کنواری لڑکیوں کا کام ہی یہ ہے۔ کام پہ کام کئے جاؤ اور تھکاوٹ کا نام نہ لو۔ صبح سے شام تک کولھو کے بیل کی طرح کام ______ رسوئی گھر نہ ہوا قید خانہ ہوا۔ جہاں تاریکی اور گھٹن ہے اور مجرموں کی طرح سخت کام آخر میں نے کیا جرم کیا ہے۔ اور امی کہتی ہیں، شریف لڑکیوں کے یہی چلن ہوتے ہیں۔ لڑکی پرایا مال ہے، پرائے گھر جاتا ہے اور وہاں عمر گزارنی ہے۔ شوہر دیوتا ہے۔ اُس کی خدمت کرو۔ گھر کے دوسرے لوگوں کی خدمت کرو۔ خدمت، خدمت، خدمت! اُف! جیسے لڑکیاں صرف اوروں کی خدمت کرنے کے لئے ہی پیدا کی گئی ہیں۔ اور مرد؟ کتنا غصہ آتا ہے مجھے امی کی یہ باتیں سن کر بے تکی اور بے سروپا باتیں۔ کئی بار جی میں آیا کہہ دوں، یہ جھوٹ ہے! بتاؤ شیلا لڑکی نہیں۔ وہ گھر کے کسی کام کو ہاتھ کیوں نہیں لگاتی۔ کیا اُسے پرائے گھر نہیں جانا ہے؟ کالج سے آتی ہے ایک میم کی طرح، اور سیدھی اپنے کمرے میں جا کر اپنے بستر پر لیٹ جاتی ہے

اُس کی اُمی چائے لے آتی ہیں۔ رسوئی میں وہ بھول کر بھی قدم نہیں رکھتی کبھی گھڑے کو ہاتھ نہیں لگاتی اور سب گھر والے اُس سے خوش ہیں، اُس سے ڈرتے ہیں۔ کیا وجہ ہے؟ اُس میں کون سے سرخاب کے پَر لگے ہیں؟ بولو! جواب کیوں نہیں دیتیں؟ اب خاموش ہو گئیں...... ارے کیسی باتیں سوچتی ہوں میں؟ کیا ہو گیا ہے مجھے۔ میں شیلا کی کیا برابری کر سکتی ہوں؟ وہ ٹھہری امیر باپ کی لڑکی! اور تعلیم یافتہ۔ اور میں؟...... اچھا چھوڑو اس بات کو۔ پرائے گھر تو اُسے بھی جانا ہے۔ تعجب ہے۔ ایک عمر تک جس گھر میں رہے اُسے چھوڑ دو، ہمیشہ کے لئے اور شوہر کے گھر رہو۔ اور اگر شوہر عجیب سا آدمی ہو، جیسا روپا کا شوہر ہے۔ عجیب سی شکل و صورت کا، دانت باہر کو نکلے ہوئے اور چھوٹی سی ناک ایک جانور ہے وہ! مجھے تو اُسے دیکھ کر ڈر لگتا ہے۔ اور کیا شوہر ایسا ہو تو اُس کے آگے بھی سر کو جھکانا چاہیئے؟ اور وہ تمہارے ساتھ رہے۔ تمہارا مالک ہے وہ، تمہارا شوہر تمہاری آتما کا مالک اور تمہارے جسم کا مالک جسم کا مالک اور...... کتنی عجیب بات ہے۔ بے ہودہ خیال! کیسے گوارا کرتی ہے روپا اس گدھے کو میں تو کبھی ایسے انسان کے ساتھ.... لیکن اگر میری شادی ایسے ہی کسی مرد سے ہوئی، اُف! میں تو زہر کھا لوں گی۔ لیکن شادی تو کرنی ہی ہے۔ آج نہیں تو کل۔ یہ خیال آتے ہی کیوں سارے بدن میں جھرجھری سی دوڑ جاتی ہے اور دل زور زور سے دھڑکنے لگتا ہے۔ یہ دیکھو، میرا دل دھڑکنے لگا ہے۔ رگوں میں آگ سی دوڑ رہی ہے آخر کون سی بات ہے شادی میں؟ سب لڑکیوں کی شادی ہوتی ہے۔ اور، لیکن یہ مجھے کیا ہو جاتا ہے؟ پہلے تو ایسا نہیں ہوتا تھا اور وہ روپا کی

بچی کہہ رہی تھی کہ تمہیں کوئی غیر آدمی دیکھے تو یقین نہ کرے کہ تمہاری شادی نہیں ہوئی ہے۔ تم تو پوری عورت سی لگتی ہو۔ بے شرم! میں عورت ہوئی اور وہ ابھی دودھ پیتی بچی ہے۔ سوکھ کر کانٹا ہو گئی ہے بے چاری۔ بھگوان کی دیا ہے میری صحت اچھی ہے۔ میرے ہاتھ پاؤں مضبوط ہیں۔ اور میرا جسم اس کی طرح ہڈیوں کا پنجر نہیں۔ کہتی تھی تمہارا جسم ہی ایسا ہے کہ مرد اپنی جان دے دے۔ ظالم کیسی باتیں کرتی ہے۔ کوئی سن لے تو؟ شادی سے پہلے تو وہ اتنی بے حیا نہ تھی۔ شادی کے بعد کیا ہو جاتا ہے؟ دیدے کا پانی مر جاتا ہے بدل جاتا ہے انسان۔ کملا اور دلاری بھی بدل گئیں۔ کیا میں بھی بدل جاؤں گی؟ نہیں، لیکن میری شادی؟ ہائے میرے بھاگ ہی پھوٹے ہیں۔ ورنہ آج سے تین سال پہلے میں بھی سہاگن بن گئی ہوتی۔ خود بخود پیار آگیا مجھے اپنے ان دیکھے شوہر کے لئے امتحان پاس کر کے وہ ایک افسر بن گیا تھا، کیا نام تھا اس کا؟ ناتھ جی میں اب بھی اس کا نام بھولتی نہیں۔ حالانکہ مجھے اس نام سے چڑ ہے۔ بے ڈھنگا سا نام۔ آجکل کون ایسا نام رکھتا ہے۔ لیکن نام میں کیا رکھا ہے؟ اور بات پکی ہوتے ہوتے رہ گئی۔ آن ہی دنوں پتا جی۔ ہائے ایک بجلی گر پڑی ہم پر۔ اور ہمارا سب کچھ جل گیا۔ ہم بے سہارا ہو گئے۔ کون ہے اب ہمارا اندر سے ہماری حالت کیا ہے؟ کسی کو کیا معلوم۔ سچ کہتی ہیں اَمی، آنکھوں میں آنسو بھر کے، کوئی ساتھ نہیں دیتا مصیبت میں۔ اور جب پتا جی کے سورگباش ہونے کی خبر ناتھ کے کانوں میں پہنچی تو وہ کیسا بدل گیا۔ بہانہ بنایا کہ میں پڑھی لکھی نہیں ہوں۔ ہنھ! اور پھر راگھو جو کے ہاں بات شروع ہوئی۔ ان کا بڑا لڑکا اسکول میں ماسٹر ہے۔ سنا ہے خوب صورت ہے۔ لیکن وہ اس وقت شادی

کرنے پر تیار ہوں گے جب ہم دو ہزار کی رقم ادا کر دیں۔ تاکہ وہ ادھوری تعلیم مکمل کرے۔ آخر، شادی نہ ہوئی سودا بازی ہو گئی۔ اس رات کو میں کتنی روئی۔ جب صبح کو میری نظر آئینے پر پڑی تو میری آنکھیں سوجی ہوئی تھیں، اور جب پچھلے سال پنڈت جی نے کہا کہ ہر جگہ یہی پوچھتے ہیں، لڑکی پڑھی لکھی ہے؟ اور ہر جگہ وہ لاجواب ہو جاتے ہیں۔ تو میں کلیجہ تھام کے رہ گئی۔ اور اس نگوڑی شیلا نے رو بابا سے کہا تھا، کون پوچھے گا ایسی لڑکی کو جو دو حرف بھی نہ پڑھ سکے۔ ان پڑھ! ان پڑھ اور اندھے میں کوئی فرق نہیں۔ تو میں زہر کا گھونٹ پی کر رہ گئی۔ بات سچی تھی لیکن کیا حق تھا شیلا کو یہ کہنے کا؟ بڑی آئی کالج والی۔ مان لیا وہ کالج جاتی ہے، اور انگریزی فرفر پڑھتی ہے۔ لیکن وہ میرے لئے ایسی باتیں کیوں کرے۔ کتنی بدل گئی ہے وہ بچپن میں تو میرے ساتھ کھیلی ہے۔ ہمارے گھر سے قدم باہر نہ رکھتی تھی۔ وہ اسکول کیا گئی، بس بالکل ہی بدل گئی۔ یہ موئی تعلیم بھی کتنی بری چیز ہے۔ کہتے ہیں تعلیم روشنی دیتی ہے۔ عقل بڑھاتی ہے اور...... لیکن شیلا کتنی مغرور ہو گئی ہے۔ میں گھڑا لئے صحن سے گزرتی ہوں، وہ کتابیں لئے کالج جاتی ہے۔ مجھ سے بات بھی نہیں کرتی۔ بات کرنا تو درکنار، دیکھتی بھی نہیں میری طرف! نہ جانے کیا ہو گیا اسے؟...... کاش ہم غریب نہ ہوتے۔ ہمارے صحن میں بھی نل لگ جاتا۔ اور پھر میں بھول کر بھی شیلا کے صحن میں نہ آتی، کیا سمجھتی ہے یہ اپنے آپ کو؟..... گھڑا اب آدھے سے زیادہ بھر گیا ہے۔ پانی کی دھار بھی تیز ہو رہی ہے۔ یہ گھڑا ابھی لے جاؤں گی اور بس، اور پھر نہاؤں گی، لیکن کیا ہوتا ہے نہانے سے، جتنی دیر ٹھنڈا پانی جسم پر ڈالتے جاؤ گرمی کا

احساس نہیں ہوتا۔ اور کپڑے پہن لئے تو پھر وہی گرمی، وہی آگ۔ سب کہتے ہیں کہ نہانے سے بدن میں ٹھنڈک آجاتی ہے۔ لیکن میرے بدن کو تو اور زیادہ گرمی لگتی ہے۔ روپا کہتی ہے کہ جب تم نہا کر نکلتی ہو تو ایک بجلی بن جاتی ہو۔ نہ جانے کس کس کو جلا کر خاک کر دو گی۔ وہ تو مجھے ہر وقت بناتی ہے۔ باتونی۔ اُس سے بحث کون کرے۔ شیلا اتنی لکھ پڑھ کر بھی اُس سے بات نہیں کر سکتی۔ شاید سچ ہی کہتی ہے روپا۔ کل بھی جب میں نے نہانے کے لئے کپڑے اُتارے، لکڑی کی دیوار کی درزوں سے آتی ہوئی دھوپ کی روشنی ساری کوٹھری میں پھیلی تھی۔ خوب پانی ڈالا میں نے جسم پر، تو ایک بار میں نے سارے جسم کو دیکھا۔ کتنی شرما گئی میں، لیکن سچ مچ چمک رہا تھا میرا جسم آئینے کی طرح۔ اب کس سے کہوں یہ بات میری اپنی نظر مجھے دیکھتی ہی رہ گئی۔ یہ تو سب کہتے ہیں کہ میں شیلا سے زیادہ خوبصورت ہوں۔ سچ تو یہ ہے کہ اگر میں یہ فرن نکال کر شیلا کی طرح ریشمی فراک اور ساٹن کی شلوار پہنوں اور بالوں میں سینٹ لگا کر نیلے رنگ کی ساڑی پہنوں پاؤں میں سفید سینڈل پہنوں تو میں . . . . . .

میں، لیکن مجھے ایسے کپڑے پہننے کہاں نصیب ہیں۔ جب پتا جی زندہ تھے تو پھر بھوانی کے میلے پر فراک پہن لیا تھا۔ اور ساڑی . . . . . . تب تو میں بچی تھی۔ اور اب، اب تو میں جوان ہوں۔ جوانی بھی ایک مصیبت ہے بن ٹھن کر نہ رہو۔ صاف کپڑے نہ پہنو۔ لوگ کیا کہیں گے۔ ہاں شادی کے بعد تو الگ بات ہے۔ لیکن کب ہوگی میری شادی کب ہوگی ــ؟ بھوشن اب کالج سے آرہا ہوگا۔ جب کبھی شادی کی بات چلتی ہے تو مجھے بھوشن کا خیال آجاتا ہے۔ کتنا سجیلا لڑکا ہے۔ اب چار بج رہے ہیں۔ وہ

آتا ہوگا۔ ہماری گلی سے گزرتا ہے۔ اور وہ رہی سے رسوئی کی کھڑکی کی طرف دیکھتا ہے اور مجھے دیکھ کر مسکراتا ہے۔ کانپ ہی تو جاتی ہوں میں دو تین مہینے پہلے جب اس نے پہلی بار میری طرف دیکھا اور مسکرایا تو مجھے کتنا غصہ آیا۔ اس کو میں کچا چبا ڈالتی اس وقت! لیکن پیارا لڑکا ہے وہ تو۔ اب تو روز مجھے دیکھ کر مسکراتا ہے۔ اور میں شرم سے دوہری ہو جاتی ہوں۔ کوئی دیکھ لے تو!

شیلا کو تو ان باتوں کی پروا نہیں۔ وہ بڑے بڑے لڑکوں کے ساتھ بیٹھی رہتی ہے شام تک کرتے ہیں۔ باتیں قہقہے، چھیڑ چھاڑ۔ کس کو معلوم نہیں کرشن کے ساتھ اس نے کیا گل کھلائے ہیں۔ یہ تو گھر کا حال ہے۔ باہر کا حال تو بھگوان ہی جانے۔ سنا ہے یہ لڑکیاں کالج جا کر کسی نہ کسی لڑکے کو پھنستی ہیں۔ جیسے لڑکا نہیں پھن لیا، اپنے لئے کانوں کے آویزے چن لئے۔ اور لڑکے بھی روز خط لکھتے ہیں۔ تحفے بھیجتے ہیں۔ ایک دوسرے کو۔ اور پھر عدالت میں جا کر شادی کر لیتے ہیں۔ غلط بھی کیا ہے؟ ابھی پچھلے ہفتہ مادھو کول کی لڑکی نے عدالت میں جا کر شادی کر لی۔ اور بھی کتنی لڑکیوں نے۔ . . . . اب کس کس کا نام یاد رہے؟ لیکن وہ ایسا کیوں کرتی ہیں؟ ماں باپ راضی نہیں ہوتے پھر تو اچھا ہی کرتے ہیں۔ یہ ماں باپ تو بوجھ بن جاتے ہیں۔ بات بات پر ٹوکنا، ڈانٹنا، کوسنے دینا۔ اور پھر یہ کرو، وہ کرو۔ اور اپنی مرضی سے کچھ نہ کرو۔ کبھی کبھی جی چاہتا ہے گھر کے کاموں کو آگ لگا دی جائے۔ بس بیٹھے رہیں۔ اور میٹھے میٹھے سپنے دیکھیں۔ ارے میں کیوں ایسا سوچتی ہوں! مجھے بھی سوچنے کا حق ہے میں بھی انسان ہوں اور اگر بھوشن لال . . . . . . کیا بھوشن واقعی مجھے

چاہتا ہے؟ لیکن وہ صرف مسکرا دیتا ہے۔ زبان سے کچھ کہتا نہیں۔ جیسے اُس کے منہ میں زبان ہی نہیں ہے۔ میں تو ایک دو بار دُور ہی سے اُس کی جھلک دیکھ کر دوڑتی ہوئی نیچے آئی اور صحن کے دروازے پر برتن ہاتھ میں لئے کھڑی رہی۔ وہ رُک تو گیا لیکن کچھ سوچ کر سیدھا چلا گیا۔ بے وقوف! کل جب کندھے پر گھڑا لئے گزری تو وہ میرے قریب سے گزرا۔ اور اُس نے سرگوشی کی "رکمنی! کب تک تڑپاؤ گی مجھے؟" اور میں سرا سیمہ ہو کر دوڑی اور رسوئی میں ہانپنے لگی۔ شکر ہے بھگوان کا۔ گھڑا ٹوٹنے سے بچ گیا۔ امی کو کیا جواب دیتی۔ کتنے پیار سے اُس نے میرا نام لیا "رکمنی!" میری رگ رگ میں مٹھاس اُتر گئی۔ اور رات تک نیند نہ آئی مجھے۔ کیا کیا سوچتی رہی میں۔ اگر کوئی چپکے سے میرے دل کے اندر جھانک لے تو؟ اور وہ آج آئے گا تو میں ضرور اُس سے بات کروں گی۔ یہ کیا کہ میں اُس کی بات کا جواب نہ دوں۔ آخر وہ کیا سمجھے گا۔ گونگی ہے۔ ہشت! میں کیوں گونگی ہونے لگی۔ اُس کے ساتھ میری شادی ہو جائے تو وہ بھی سمجھے گا کہ کس کے ساتھ شادی ہوئی ہے۔ . . . . . . ارے، گھڑا تو کب کا بھر چکا ہے۔ پانی اُس کے کنارے سے چھلک رہا ہے۔ اچھا ہوا کوئی عورت پانی لینے نہیں آئی۔ ضرور کہیں میں سو گئی ہوں۔ میں جلدی سے یہ گھڑا لے جاؤں گی اور گھر پہنچ کر میں خوب نہاؤں گی اور بھوشن . . . .

وہ کندھے پر گھڑا رکھ کر شیلا کے صحن سے نکلی۔ سامنے گلی تھی۔ تنگ و تاریک گلی۔ گلی کی دائیں جانب اُس کا گھر تھا۔ اور بائیں جانب گلی آگے کو جاتی تھی۔ کچھ دُور وہ ایک اور گلی سے ملتی تھی اور پھر چند اور گلیوں سے گزر کر بڑی سڑک آتی تھی۔ بھوشن کا گھر اُس کے گھر سے زیادہ دُور نہ تھا۔

محلّہ ایک ہی تھا۔ لیکن وہ اسی کی گلی سے گزرتا۔ حالانکہ بیچ کی گلی سے اس کے گھر کا فاصلہ کم پڑتا تھا۔ . . . . . گلی میں آتے ہی اس کے قدم رُک گئے۔ بے چینی سے اس نے گھڑے کو ہاتھ سے سنبھال کر سر کو ذرا اوپر اٹھایا اور وہ چکرا سی گئی اس کی آنکھوں میں اندھیرا چھا گیا۔ سامنے دیوار کے قریب بھوشن شانت کے ساتھ چپکے چپکے باتیں کر رہا تھا۔ اور اسے کوئی پرچہ دے رہا تھا۔ وہ دونوں اچانک چونکے اور گھبرا کر چل دیئے اور جیسے رُکمنی رسوئی میں آ گئی، وہ کانپتی ہوئی چوٹھے کی دیوار کے ساتھ ٹکرائی۔ گھڑا اس کے کندھے سے گر گیا اور ٹکڑے ٹکڑے ہو گیا۔ وہ بت کی طرح ساکت کھڑی رہی۔ . . . . . دوسرے لمحے وہ جلدی جلدی ٹوٹے گھڑے کے ٹکڑے جمع کرنے لگی۔ ▲

# آئینے جگمگائے

وہ کمرے میں آئی۔ تھکی تھکی سی، خاموش، اداس۔

"نہ جانے آج کس طرف نکل گئے ہیں وہ۔ اور کب واپس آئیں گے، اِن نظاروں کو پی جانا چاہتا ہوں رفیعہ! جب سے آئے ہیں یہاں بس یہی کہتے ہیں، نہ کھانے پینے کا خیال، نہ گھر کی فکر اور نہ بیوی کی پروا! خاک پروا کریں گے وہ، آرٹسٹ جو ٹھہرے! اُنھہ، یہ بھی کیا ہوا کہ انسان بس اپنے خیالوں کا ہو کر رہے۔ اور، اور" اس نے ہونٹ چبا لئے۔

کمرے پر چھائی ہوئی اداسی سے گھبراہٹ محسوس کر کے وہ کھڑکی کے قریب آئی۔ باہر دور دور تک پہاڑوں کی ڈھلوان پر چیل اور صنوبر کے درخت خزاں کی دھند میں گھرے ہوئے تھے۔ خاموش اور سوگوار۔ دن ڈھلے ہی یہ پہاڑی علاقہ اور اس کے دامن میں پھیلی ہوئی چھوٹی سی وادی دھند کے دبیز نقرئی پردوں میں چھپ جاتی۔

آج اس کے خیالوں پر بھی دھند چھائی تھی۔

نئی استانی میمونہ کی کہانی کتنی دلگداز تھی! وہ پہلے ہی دن سمجھ گئی تھی کہ یہ عورت دلچسپ شخصیت کی مالک ہے۔ اُس کی اُداس تنہائیوں میں اسے ایک گم شدہ کہانی کی حسین پرچھائیاں نظر آگئی تھیں۔ اور آج وہ پرچھائیاں ذہن میں سنبھال کر لائی تھی۔ اپنے پیارے شوہر کیلئے۔ اپنے محبوب کہانی کار کے لئے!!

لیکن ڈیرے پر پہنچکر ہی اس کا موڈ بگڑ گیا۔ نوکر نے بتایا کہ وہ دوپہر کا کھانا کھا کر نکلے تھے اور ابھی تک واپس نہیں آئے!

لیکن یہ پرچھائیاں! وہ انھیں ذہن سے کیوں نہیں نکال پھینکتی؟ وہ آج اُن کا انتظار بھی نہیں کرے گی۔ انتظار؟ وہ خواہ مخواہ اپنے جگر کا لہو جلاتی ہے اُنہوں نے کب اِس کا انتظار کیا ہے۔ بس قریب آئے۔ پیار کے دو بول بولے۔ اور وہ پگھل کر رہ گئی۔ موم کی گڑیا۔

وہ کھڑکی سے بیٹھی اور سامنے ٹیبل پر ناول اُٹھانے لگی۔ معاً اس کی نظر آج کی ڈاک پر پڑی۔

وہ ڈاک دیکھنے لگی۔

ایک رنگین لفافے پر اس کی نظریں جم گئیں۔

میرے فنکار!

آج دو سال کے بعد پھر آپ کو خط لکھ رہی ہوں۔ آپ کی تازہ کہانی میں نہ جانے کون سا جادو تھا کہ میں بے اختیار کاغذ قلم لے کر بیٹھ گئی۔ اور میرا عہد ٹوٹ گیا۔ تعجب ہے آپ کہاں اتنی دور سے میری خلوتوں میں در آئے اور میرے دل کی اُداس دھڑکنوں کو سمیٹ کر لے گئے۔ میں جانتی ہوں میرا یہ خط آپ کی مسرتوں میں خلل انداز نہ ہوگا۔

ہاں، اگر آپ خاموش رہے تو آپ کی ایک خاموش مداح کا دل ٹوٹ جائے گا۔ دس سال پہلے ——— آپ کی ——— زرینہ ———

"اُف!!"

اُس پر ایک بجلی گر پڑی۔

وہ آگے نہ پڑھ سکی اور خط ٹیبل پر گر گیا۔ جہاں ڈاک سے آئے ہوئے دوسرے رسالے بھی تھے۔ وہ عجیب سا ذہنی خلفشار لئے سامنے دیوار کے ساتھ بیٹھ گئی۔ اس کی سانس تیز تیز چلنے لگی۔ اس کے ماتھے پہ پسینے آ رہے تھے۔ اس کے بدن پر رعشہ سا طاری تھا۔

وہ سامنے ہوتے تو وہ آج ہی اِس بات کا فیصلہ کر کے رہتی۔ آج کئی دنوں سے اس کے دل پہ جو بوجھ ہے وہ دور جھٹک دیتی۔ اور اطمینان کا سانس لیتی۔ وہ اس بوجھ تلے دب رہی ہے، کراہ رہی ہے۔ اور وہ اپنی ہی دھن میں مست ہیں، سرشار ہیں۔ دیکھو رضو! آج ایک نیا پلاٹ مل گیا۔ ایک دم نیا۔ اور چونکا دینے والا۔ تم نے گرما گرم چائے بنا دی، ادھر میری کہانی مکمل۔ اور وہ ٹیبل پر جھک کر کہانی لکھنے میں لگ جاتے۔ اپنے وجود سے بے خبر، نہ تن بدن کا ہوش ہے نہ گرد و پیش کی خبر۔ جسم پسینے پسینے ہو رہا ہے اور آپ صفحوں کے صفحے سیاہ کرتے جا رہے ہیں۔ اُن کی یہی ادا تو اُسے جان سے پیاری ہے۔ وہ شادی سے پہلے اکثر سوچا کرتی۔ ادیبوں کے بارے میں اور اُن کی گھریلو زندگی کے بارے میں اُس نے اپنی سہیلیوں سے سُنا تھا کہ ادیبوں پر افلاک سے خیالوں کی بارش ہوتی ہے۔ وہ بلندیوں میں رہنے والے لوگ ہیں۔ اُن کے خوابوں میں بے داغ برفیلی چوٹیوں کا کنوارا پن اور تقدس ہے۔ اور پھر اُس کے کنوارے خوابوں کا شہزادہ اُسے مل گیا۔

ہمیشہ ہمیشہ کے لئے۔ ایک مشہور کہانی کار سے اُس کی شادی ہو گئی۔

آف! یہ کیسا لمحہ اُس کے قریب سے سرسرا کر گزر گیا۔ بے کیف لمحہ، یخ بستہ، دھندمیں کھویا ہوا۔ اِن دو۔ ڈھائی برسوں میں آج یہ پہلی بار شادی کے خیال نے اُس کے دل میں گدگدی پیدا نہ کی ــــــ نہ جانے کیوں؟

لیکن وہ اُن سے پیار کرتی ہے۔ اُس کے جسم کا انگ انگ پیار کی لطافت اور نشے سے سرشار ہے۔ اُس کا دل دھڑکتا ہے تو بس اُن کے لئے۔ وہ سانس لے رہی ہے تو بس اُن کی پرستش کے لئے۔ وہ اپنی تقدیر پر نازاں ہے اُسے ایسا محبوب شوہر ملا ہے جس کی والہانہ محبت سے وہ گھبرا اٹھتی ہے۔

اور جب وہ اُن سے گھر آئی تو اُسے پتہ چلا کہ وہ کتنے مقبول ہیں لوگوں میں، اُن کی مقبولیت دیکھ کر وہ فخر اور مسرت سے پھول جاتی۔ اُن کے مداحوں کے خطوں کا انبار لگ جاتا۔ لوگ اُن سے ملنے آتے۔ محبت اور عقیدت کا بے پناہ جذبہ لے کر۔ اور اُس کے دل کی جبیں جھک جھک جاتی۔

لیکن وہ دن ــــــ؟

وہ اسکول سے تین ہی بجے گھر آئی اور وہاں وہ پہلے ہی دفتر سے آئے ہوئے تھے۔ وہ اندر گئی تو ٹھٹک کر رہ گئی۔ اندر وہ بیٹھے تھے اور اُن کے پاس ہی ایک لڑکی بیٹھی تھی۔ پتلے سے جسم پر بہت زیادہ چست فراک پہنے ہوئے "تنگ پائنچے والی شلوار۔ سیاہ نائیلون کی ساڑی شانوں پر جھلملاتی ہوئی۔ بالکل بے تکلفی کے ساتھ بیٹھی تھی وہ!

لیکن یہ ہے کون؟

"ارے رضیہ! تم آ گئیں، خوب ــــــ!"

اور وہ لڑکی متوحش نظروں سے اُسے دیکھنے لگی۔

"اِن سے ملو، یہ مس شبنم ہیں۔ کالج میں پڑھتی ہیں۔ میری کہانیاں انہیں پسند ہیں۔ اور یہ ہیں میری بیوی ——— "

اور اُس نے جلدی سے اُسے یوں آداب کیا جیسے خیرات دے رہی ہو۔ اور فوراً گفتگو میں لگ گئی۔

اُسے بہت بُرا محسوس ہوا اور وہ تلملا کر کچن میں چلی گئی۔

اُن کے کئی بار بُلانے پر اُس نے کہلا بھیجا کہ اُس کے سر میں درد ہے۔ سچ مچ اُس کے سر میں درد ہو رہا تھا۔ اور رات گئے اُن کی منت سماجت پر وہ اُن کے قریب آئی۔ اور اپنی تکلیف کا ذکر کیا۔ تو اُنھوں نے اسے ہنسی میں ٹال دیا۔

"بھئی خوب! یہ مس شبنم تو ایک مداح ہیں ہماری اور بس! تم بے فکر رہو ساتھی۔ تم تو میری نس نس میں بسی ہو۔ تمہاری جگہ کون لے سکتا ہے بیگی!"

اور وہ سب کچھ بھول کر اُن کے سینے سے لگ گئی۔

اُس نے اب تک ناول کے دو تین صفحے پڑھ لیئے تھے۔ لیکن اُس کے ذہن میں کوئی بات نہیں آ رہی تھی۔ جھنجھلا کر اُس نے ناول رکھ دیا۔ کیوں نہ وہ کچن میں جائے اور کسی کام میں لگ جائے؟ وہ اُٹھی، دروازے تک آئی، پھر رُک گئی۔ اور واپس کمرے میں آگئی۔ اُس کی نظریں پھر خط پر گڑ گئیں۔

اُف! جیسے یہ کوئی خط نہیں تھا، ایک سانپ تھا پھن نکالے ہوئے۔

اِس خط نے اُس کا ذہنی سکون درہم برہم کر دیا۔ اب کیا ہو گا؟ یہاں بھی ایسے زہریلے خطوط آنے لگے۔ ابھی تو دو ہی ہفتہ پہلے وہ یہاں ٹرانسفر ہو کر آئی تھی۔ اور اُس کے کہنے سے وہ بھی آنے تھے چھٹی لے کر۔ اچانک

وہ ٹیبل کی طرف آئی اور ایک وحشت کے عالم میں اُس نے خط کو ہاتھ میں لے کر ٹکڑے ٹکڑے کر دیا۔ اور منتشر ٹکڑے کھڑکی سے باہر پھینک دیئے۔ لیکن وہ درجنوں خطوط جو اِس سے پہلے آئے تھے۔ شہر میں آن کے ایڈریس پر، آن کا کیا ہوگا! وہ خط، محبت نامے! کتنی بے باک ہو گئی ہیں آج کی لڑکیاں، ایک شادی شدہ غیر مرد سے، اُس کی فنکاری کی آڑ لے کر کس بے تکلفی اور بے باکی سے رومان لڑاتی ہیں۔ اپنا ابدی اور ازلی حق اُس پر جتاتی ہیں۔ خط کی بات تو الگ رہی۔ ایک بار جب وہ رائٹرس سوسائٹی کی دعوت پر اُن کے ساتھ گئی۔ اور وہاں جلسے میں اُنہوں نے اپنی کہانی پڑھی تو کتنی عورتوں نے اُنہیں گھیرے رکھا۔ بنی سنوری عورتوں کا ہجوم، کوئی آٹوگراف لے رہی ہے۔ کوئی کیمرہ ٹھیک کر رہی ہے۔ کوئی بگلے ملنے کو بے تاب! اور وہ دور حیرت سے دیکھتی رہی۔ اور پیچ و تاب کھاتی رہی۔ جیسے اُس کا کوئی وجود ہی نہ ہو۔ جیسے اُس کا اُن کے ساتھ دور کا بھی تعلق نہ تھا۔ اور خطوں میں تو کوئی کسر باقی نہیں چھوڑی جاتی اُس رنگین اور معطر خط کے جملے اب بھی کیڑے کی طرح اُس کے ذہن میں کلبلاتے ہیں۔ "رسالے میں آئی ہوئی آپ کی تصویر طلائی فریم میں ہمیشہ میرے ٹیبل پر مسکراتی رہتی ہے۔ اور میں آس کی پرستش کرتی ہوں۔" یہ جذباتی بحران! لیکن جب چھٹیوں میں اِس پہاڑی علاقے کا سکول بند ہو جائے گا۔ اور وہ دونوں گھر جائیں گے تو پہلا کام وہ یہی کرے گی کہ اِن کے تمام خطوط کو بھٹی میں جھونک دے گی۔

اُس نے اطمینان کی سانس لی۔

اُسے اب میمونہ کی کہانی یاد آ رہی تھی۔

ایک لڑکی ایک ادیب کی تخلیقات سے متاثر ہوتی ہے۔ وہ ادیب

کی شخصیت کے قریب آتی ہے۔ اُس سے پیار کرتی ہے۔ اور جب وہ سماج کی فرسودہ روایات سے بغاوت کر کے پیار کی دنیا لے کر اُس کے قدموں میں آنا چاہتی ہے تو ادیب کی شادی کسی اور لڑکی سے ہوتی ہے۔ اور وہ ایک المیہ کردار بن کر پیار کی لاش اٹھائے پھرتی ہے۔

وہ دُور پرچھائیوں میں ڈوب گئی۔

صبح دیر سے اُس کی آنکھ کھلی۔ کیونکہ رات گئے تک وہ سو نہ سکی تھی۔ اُس کے جسم کا ہر حصہ درد کر رہا تھا۔

وہ اُٹھی۔

اُس کے چہرے پر گہری افسردگی تھی۔ اور ماتھے پر فکر کی لکیریں۔

"طبیعت اچھی ہے، رضو! رات بھی جلدی ہی ــــــ"

"آپ کو کہانیاں جمع کرنے اور محبت ناموں کے جواب لکھنے سے فرصت ملے تو کسی اور کی خیریت پوچھیں۔"

وہ غصہ اور تلخی سے بولی اور کمرے سے نکل گئی۔

اور وہ بھونچکا سا رہ گیا۔

تین دن گزر گئے۔ وہ اُن سے دُور دُور رہی۔ وہ رُخ بدل بدل کر بات کرنے کی کوشش کرتے رہے۔ لیکن وہ سختی سے ٹالتی رہی۔ گھر میں وحشت اور نحوست کے سائے منڈلا رہے تھے۔ وہ دن بھر اسکول میں رہتی اور وہ چپ چاپ گھر میں بیٹھے رہتے تھے۔ وہ اب ڈیرے سے باہر قدم بھی نہ رکھتے۔ وہ حیران تھے کہ آخر رضیہ کو کیا ہو گیا ہے۔

وہ اتوار کو ایک کتاب پڑھ رہے تھے۔ اور دوسرے کمرے میں رضیہ اسکول کی ساتھی میمونہ کو چائے پلا رہی تھی۔

اچانک وہ اٹھ کھڑے ہوئے۔ اور اُن کے کمرے میں آئے۔ اُن کی آنکھوں میں شرارت کھیل رہی تھی۔

"ارے آپ!"

میمونہ بوکھلا گئی۔

"اور آپ ۔۔۔۔۔ ! ہاں، ہاں آپ کی تبدیلی ہو گئی ہے۔ رضیہ کہہ رہی تھیں، میں سمجھا کوئی اور ہوں گی۔ آپ نے تو رضیہ کو بتایا ہی ہوگا ہم کلاس فیلو رہے ہیں۔ دن گزرنے دیر نہیں لگتی۔" الفاظ مشکل سے اُن کے منھ سے نکلے۔ اور وہ ایک پھیکی سی ہنسی کے ساتھ بیٹھے۔

رضیہ اس ڈرامے کو دیکھ رہی تھی۔ حیرت اور صدمے کے ساتھ! ایک چیخ اُس کے گلے میں اٹک گئی۔

میمونہ کی کہانی کے کردار حقیقت بن کر اُس کا منھ چڑا رہے تھے۔

ایک دن وہ ایک آتش فشاں پہاڑ کی طرح پھٹ پڑی۔ ایک دھماکا ہوا۔

"کب تک میں اس بوجھ کو لئے پھروں! کب تک میں اپنے آپ کو دھوکے میں رکھوں؟ آپ نے مجھے ایک گڑیا سمجھ رکھا ہے۔ مجھ سے کھیل رہے ہیں آپ! ایک عورت کے جذبات کی توہین کی ہے آپ نے۔ یہ میری برداشت سے باہر ہے۔ آج سے آپ میرے بن کر رہیں گے یا اپنی کہانیوں کے۔ میں آپ کی ان کہانیوں سے نفرت کرتی ہوں جنھوں نے میری زندگی کا سکون لوٹ لیا ہے مجھے جہنم کی آگ میں دھکیل دیا ہے۔"

وہ چیخ رہی تھی۔

وہ غصے اور نفرت سے کانپ رہی تھی۔

ارے بس اتنی سی بات ہے۔ میں تو سمجھا تھا خدانخواستہ کوئی سنگین جرم کیا ہے میں نے تمہارے حضور! تمہارے لئے میں ایک آن میں جان دے سکتا ہوں۔ اور یہ، یہ تو معمولی بات ہے مجھے معاف کردو ساتھی! میں نے اس طرف توجہ نہیں کی۔ وہی ہوگا جو تم چاہتی ہو۔

انہوں نے جو کچھ کہا تھا وہی کر کے دکھایا۔ وہ ادب کی دنیا سے یوں الگ ہو گئے جیسے کبھی بھول کر بھی ان کا گزر اس طرف نہ ہوا تھا۔ وہ دن بھر کمرے میں رہتے۔ سگریٹ پہ سگریٹ پیتے۔ رات گئے تک رضیہ کے پاس بیٹھے رہتے۔ ہنسی مذاق، گھریلو زندگی کی باتیں کرتے۔ رضیہ حیرت اور مسرت کے ملے جلے جذبات سے دیکھتی رہی۔ لیکن کبھی کبھی وہ سوچتی، وہ دبلے کیوں ہوتے جا رہے ہیں اور کسی وقت ان کی گہری خاموشی اسے کھٹکتی۔ لیکن وہ ہر بات کو ہنسی میں ٹال دیتے اور وہ بھی ہنس پڑتی۔ دو ہفتے اور گزر گئے۔ خزاں کی دھند اور زیادہ گہری ہو گئی۔ سرد ہوا کے جھکڑ چلنے لگے درختوں کے پتے جھڑ کر میدانوں اور پگڈنڈیوں پر ڈھیر ہونے لگے ——

ایک دن وہ اسکول سے آ رہی تھی۔ ڈیرے کا راستہ جیسے لمبا ہوتا جا رہا تھا۔ میمونہ، اس کی بے تکلف ساتھی جا رہی تھی شہر۔ اس کی شادی ہو رہی تھی، اور جانے سے پہلے اس نے ان کے ہاتھ کا لکھا ہوا آخری خط دیا تھا۔ "میری شادی ہو رہی ہے اور مجھے اپنی ان دیکھی محبوبہ کا انتظار ہے۔ وہ میرے ابد اور ازل کی ساتھی ہے۔ یہ بات اس لئے لکھ رہا ہوں تاکہ آپ کسی غلط فہمی میں نہ رہیں۔" اور میمونہ کہتی رہی "انہوں نے ہر وقت میری غلط

فہمی دور کر دی تھی۔ کتنے عظیم انسان ہیں آپ۔ کیسے شوہر! کتنی خوش نصیب ہیں آپ!!"

وہ جب کمرے میں آئی تو اس نے دیکھا وہ بستر میں لیٹے ہیں۔ چپ چاپ عینک کے پیچھے چھپی ہوئی سیاہ آنکھوں میں گہری افسردگی لئے، چہرے پر اتنی زردی جیسے وہ کئی مہینوں سے بیمار ہوں!

اس کے کلیجے میں جیسے تیز چھری اتر گئی۔

اس کے احساس میں ایک بجلی سی چمکی، لہرائی۔

"اٹھئے، کیوں لیٹے ہیں آپ؟" اس کی نگاہوں سے یک لخت کئی پردے سرک گئے۔ کئی آئینے جگمگائے!!

"بس یونہی"

وہ دھیرے سے مسکرائے۔

"میرے لئے ایک کام کرنا ہے آپ کو۔ بس ابھی کریں گے آپ!"

وہ ان کے ہاتھ کی لمبی لمبی انگلیوں سے کھیلنے لگی۔

"تم حکم دو، میں حاضر ہوں!"

"ایک کہانی لکھئے، پلاٹ میں دے رہی ہوں!"

"سچ ------؟"

وہ بستر سے اچھل پڑے۔

"اور کیا، میں جھوٹ نہیں کہتی ہوں!"

"تو کیوں نہ تم پر ہی ایک کہانی لکھ ڈالوں۔"

انہوں نے مسکراتے ہوئے کہا۔

"آپ شروع کیجئے ---- یہ رہا پیڈ اور یہ ہے آپ کا پین، میں چائے بناتی ہوں۔"

# ایک طوفان دو کنارے

وہ رات کتنی سرد اور تاریک تھی۔

بارش نے رات بھر رُکنے کا نام نہ لیا۔ کوارٹر کی چھت پر بارش کے قطرے ایک لگاتار اور پُراسرار شور کو جنم دے رہے تھے۔ اور یہ شور رات کی بے پناہ تاریکیوں میں ڈوب رہا تھا۔ کبھی کبھی جب کانتا بے چینی سے ڈاکٹر امیش کے پسینے اور مُرجھائے ہوئے عرق آلود چہرے سے نظریں اُٹھالیتی اور سبز رنگ کی مدھم روشنی والے لیمپ کی طرف دیکھتی تو اُسے محسوس ہوتا جیسے پہاڑ کی ڈھلوانوں پر بارشوں کا طوفان ہو رہا ہے، یہ سارا طوفان سمٹ کر اُس کے دل و دماغ پر چھا رہا ہے۔ یہ طوفان کہاں سے آیا تھا؟ یہ طوفان کہاں جا کر رُکے گا؟ اُس طوفان میں سب کچھ بہہ گیا۔ بارش کا شور اِس ویران رات کی وحشت کو بڑھا رہا تھا۔ لیکن کانتا کے دل کو اطمینان مِل رہا تھا۔ اُس کے چہرے پر طمانیت کی روشنی پھیل رہی تھی۔ اُس کے احساس میں ایک انجانی کیفیت کا نشہ طاری ہو گیا۔ ڈاکٹر امیش بستر پر بے ہوش پڑا تھا وہ قریب آ کر اُس کے چہرے کو دیکھ رہی تھی۔ اُس کی آنکھیں بند تھیں، اُس کا نفس تیز تھا اور اُس کا سارا

جسم گرم بھٹی کی طرح دہک رہا تھا۔ اُس کے کھلے ماتھے کی لکیریں نمایاں ہوگئیں۔ کانتا اُسے دیکھ رہی تھی۔ وہ اُس کے گرم ماتھے پر ہاتھ رکھتی، اُس کے گالوں کا پسینہ صاف کرتی، اور ایسا کرتے ہوئے وہ نہ جانے کہاں کھو جاتی، بارش کا شور دَر دَر وادیوں میں ڈوب جاتا۔ اور وہ رات بھر اُسے دیکھتی رہی۔ اُس کی ڈوبتی ہوئی بنضوں میں اپنے دل کی دھڑکنوں کی صدائے، بازگشت سُنتی رہی۔ معینہ وقفوں کے بعد اُس کے بازو میں پنسیلین کا انجکشن دیتی رہی۔ اور ایسا کرتے ہوئے وہ جیسے پھولوں کو اپنے دامن میں سمیٹ رہی تھی۔ وہ تین برسوں سے بیمار دل کا علاج کرتی رہی ہے۔ لیکن آج کیسی دیوانگی کے ساتھ وہ ڈاکٹر ایش کو اٹینڈ کر رہی تھی۔ کاش! یہ رات اور دراز ہو جائے! اور باہر کا طوفان کبھی تھم نے نہ پائے۔

اُس نے بیمار کے چہرے پر ایک بھرپور نظر ڈالی۔ ایک ایسی نظر جس میں اُسکی رُوح کی تمام تر لطافتیں موجود تھیں۔ اُس کا تنفس نارمل ہو رہا تھا۔ اور بخار بھی کم ہو رہا تھا!

ڈاکٹر ایش ایک خوبرو اور باوقار آدمی تھا۔ وہ ایک مہینے اُس پہاڑی علاقے میں سرکار کی طرف سے تعینات کیا گیا تھا۔ کیونکہ اُس علاقے میں ٹائیفائڈ ایک وبا کی صورت اختیار کر چکا تھا۔ سینکڑوں آدمی اِس وبا کے شکار ہو چکے تھے۔ ڈاکٹر کانتا دن رات بیمار دل کا علاج کرتی رہی۔ لیکن وبا بڑھتی گئی۔ ڈاکٹر ایش آیا تو وہ دونوں آج ایک مہینے سے مسلسل شب و روز بیماروں کا علاج کرتے رہے۔ پوری سرگرمی، تندہی اور جانفشانی کے ساتھ! اور وہ تین ہفتوں کے اندر اندر وبا کا زور گھٹ گیا۔ لیکن ایش خود اُس کی زد میں آگیا۔ کل شام سے اُسے بہت تیز بخار تھا۔ اور شام کو جب کانتا اُسکے انجکشن لگا چکی

تو وہ بے ہوش ہو گیا۔ اور رات بھر بے ہوش رہا۔ وہ بھلا اُسے اِس حال میں چھوڑ کر کہاں جاتی۔ اُس نے کمپونڈر کو رخصت کیا اور ڈیرے والوں کو پیغام بھیجا کہ وہ رات کو نہیں آ سکتی۔ اُسے پریس کیس اٹینڈ کرنا ہے۔

اور جب رات نے اپنی گھنی گھنیری بھیگی ہوئی زلفیں سمیٹ لیں۔ اور پہاڑوں کے اُس پار صبح کی نرم اور خنک روشنی کا دھارا چھوٹنے لگا۔ تو امیش نے آہستہ سے آنکھیں کھول دیں۔

"آپ ——— ؟"

اُس کے ہونٹ کانپ اُٹھے۔

"ہاں میں ہوں ڈاکٹر صاحب!" کانتا کے لہجے میں مسرت تھی۔ اُس کے چہرے پر سے رات بھر کی تھکن کی دھند کافور ہو گئی۔ "آپ کی حالت اچھی نہ تھی۔ میں رات ڈیرے پر نہ گئی۔" وہ وضاحت کر رہی تھی اور امیش کی نم آلود آنکھیں کہہ رہی تھیں۔ "مجھے آپ سے یہی توقع تھی۔ زندگی بھر کے لئے میں آپ کا احسان مند ہو چکا ہوں اور اِس بے پایاں محبت کا میں کیسے بدلہ چکا سکتا ہوں؟" کانتا اُن نظروں کی تاب نہ لا سکی۔ اُس کا وجود جیسے پگھل کر رہ گیا۔ اور اُس کا چہرہ گلنار ہو گیا۔

امیش چند ہی دنوں میں صحت یاب ہو گیا۔ لیکن اُس کی تنہائی کا بیشتر وقت کانتا کے بارے میں سوچتے ہوئے گزر جاتا۔ کانتا کے ایثار اور محبت نے اُسے خرید لیا تھا۔ اور جب بھی وہ اُس چھوٹے سے ہسپتال میں کام سے فارغ ہوتا اور جب کانتا اُس کے کوارٹر میں آتی تو اُسے محسوس ہوتا جیسے اُس کے من مندر کی دیوی آ رہی ہے اور اُس کا سر جھک رہا ہے۔ پتلی سی دراز قد لڑکی۔ چہرے پر ہلکے سے چیچک کے مٹتے سے نشان، سیاہ آنکھوں پر گھنی،

پلکوں کا سایہ، رخساروں پر نامعلوم اداسی، متانت، سادگی، خط و خال سے ایثار کی پھوٹتی ہوئی شعاعیں!!

"میرا اِس دُنیا میں کوئی نہیں ڈاکٹر!"

ایک دن وہ بولی۔

اُس کے لہجے میں ایک اُداس نغمے کا گداز تھا۔ اُس کے چہرے کی اُداسی اور متانت گہری ہو گئی۔

"میرے پتاجی ایک بڑے ٹھیکیدار تھے۔ ہم دو بچے تھے اُن کے۔ میں اور میرا ایک چھوٹا بھائی بھوشن۔ مجھے انہوں نے تعلیم دلائی اور ایف۔ ایس۔ سی کے بعد میں نے ایم، بی بی، ایس کیا۔ پتاجی نے ہزاروں روپے خرچ کئے۔ وہ مجھے ڈاکٹر کے روپ میں دیکھنا چاہتے تھے۔ یہی اُن کی آرزو تھی۔ لیکن بھگوان کو کچھ اور ہی منظور تھا۔ میرا فائنل ایئر تھا اور وہ سورگباش ہو گئے"

اُس کی گھنی پلکوں کے سایوں میں سفید موتی لرزنے لگے۔

"میرا اب کون ہے اس دُنیا میں! میری زندگی ویران ہے۔ میں۔۔۔ میں SETTLE ہونا چاہتی تھی۔ ہر عورت کی یہی خواہش ہوتی ہے۔ اپنا چھوٹا سا گھر" وہ شرمائی۔ شرمانے کا یہ انداز کتنا پیارا تھا۔ کتنا سحر آفریں تھا۔ کتنا مدہوش کن تھا۔ اُمیش شام کی حسین تنہائیوں میں، اِس کہانی کے پیچ و خم سے اُبھر رہا تھا۔ وہ اُس کے انجام سے واقف تھا نہیں۔ لیکن اُسے معلوم نہ تھا کہ اِس کہانی کا انجام الف لیلوی کہانی کی طرح اُسے زمین سے اُٹھا کر بادلوں کے اُس پار فردوس کے کیف زاروں میں گم کر دے گا۔ جب اُس کی بھاری پلکیں وا ہوئیں تو اُس نے دیکھا کہ اُس نے کانتا کی گھنی پلکوں کے ستارے رُوح کے دامن میں اُتار لئے ہیں۔ کانتا کی آنکھیں بند تھیں۔ وہ اب بھی اُس کا نرم ہاتھ اپنے ہاتھ میں

تھامے ہوئے تھا۔

اور جب تین مہینے گزر گئے۔ اور ڈاکٹر اشیش کو واپس بڑے ہسپتال میں جوائن کرنے کا وقت آیا تو جیسے وہ ایک حسین خواب سے جاگ پڑا۔ کانتا اُس کے دل و دماغ پر بہاروں کا ایک نغمہ بن کر چھا گئی تھی۔ وہ دونوں ہاتھوں میں ہاتھ ڈالے زندگی کے پُر پیچ راستوں پر قدم بڑھائیں گے۔ وہ ہر قدم پر نئی جنتیں آباد کریں گے۔ اور اُس نے کہا تھا کہ وہ گھر جا کر شادی کے سب انتظامات مکمل کرائے گا لیکن جب وہ اُس پہاڑی علاقے کے پُر پیچ راستوں سے گزر کر گھر کی جانب جا رہا تھا تو اُسے محسوس ہو رہا تھا جیسے وہ ابھی ابھی جاگ اُٹھا ہو اور خوابوں کی دھیمی دھند چھٹ گئی ہو اور اُس کی نگاہوں کے سامنے اُس کی حسین اور شوخ رُوپا کھڑی ہے۔ ہونٹوں پر شرارت آمیز مسکراہٹ کے ساتھ آنکھوں میں پیار کے دیئے جلائے ہوئے۔

رُوپا ــــــ!

"ارے تم! ــــ تم کہاں چھپ گئی تھیں؟ میری زندگی مجھ سے رُوٹھ گئی تھی۔ میں کہاں تھا؟ مجھے اپنے ریشمی آنچل کے مہکتے ہوئے سائے میں دم لینے دو۔ تم مسکرا رہی ہو۔ تمہاری آنکھوں میں شرارت کی چمک ہے۔ دیکھو مجھے نہ ستاؤ اتنے دنوں تک تم نے میری خبر نہ لی۔ میں مرتے مرتے بچا۔ جاؤ میں تم سے بات نہیں کرتا۔ ارے۔ اِس میں ہنسنے کی کیا بات ہے؟ رُوپا! میں آ رہا ہوں، میں آ رہا ہوں، تمہیں دلہن بنا کر گھر لاؤں گا۔

اور جب وہ گھر آیا۔ اور دوسرے دن ہسپتال میں JOINING REPORT دے کر گھر آیا تو رُوپا آ گئی تھی۔ گلابی ساڑی اُس کے شانوں پر لہرا رہی تھی۔ اُس کے خمدار بالوں میں شبنمی راتوں کا حُسن تھا۔ اور اُس

کی آنکھوں میں شوخ تبسم کی لہریں تھیں۔ اُس کے چہرے پر دوشیزگی کی تازگی تھی۔ وہ اُسے دیکھتا ہی رہا یہ اُسکی اپنی رُو پا تھی۔ بھابی یہ کہتی ہوئی اندر کمرے میں گئیں۔

"روپا آپ سے ناراض تھی۔ میں اُسے لائی ہوں۔ اب آپ خود ہی نبڑ لیجئے اِس سے!"

"نہیں کیوں ناراض ہونے لگی اِن سے؟"

"روپا! کیا تم سچ مچ ناراض ہو؟"

وہ اُس کے قریب بیٹھ گیا۔

"نہیں، تو کیا پھر جھوٹ موٹ ناراض ہوں؟" وہ پھٹ پڑی "آپ وہاں گئے تو اب واپس ہی کیا آنا تھا؟"

"روپا ——— !!"

"نہ جانے وہاں کون شریمتی جی تھی جس نے آپ پر جادو کر لیا۔ ایک آدھ خط لکھنے کی بھی فرصت نہ ملی؟ ایسی بھی کیا بدلی۔ ہم نے بھی آپ سے نہ بولنے کی قسم کھائی تھی۔ اگر باجی اصرار نہ کرتیں۔

رُوپا کا ایک ایک لفظ بم کے گولے کی طرح پھٹ رہا تھا۔ نہ جانے وہاں کون شریمتی جی ——— کانتا ——— رُوپا، رُوپا! یہ تم نے کیا کہا۔ اُف!! خواب، خواب کی باتیں۔ خواب نہیں، یہ حقیقت ہے ——— کانتا اُس کی رُوح کے کسی گوشے میں بہاروں کے۔ ایک اُداس لمحے کی طرح آباد ہے! لیکن . . . . . . .

"لیجئے، پی لیجئے چائے!"

بھابی اندر آگئیں۔ اُن کے چہرے پر مسرت کی لہریں تھیں۔

"سن لیں، رُوپا کی شکایتیں! بکتری پڑی تھی وہ بے چاری!"

"بھئی غلطی میری ہے۔ میں معافی چاہتا ہوں۔ کیوں رُوپا معاف کر دو گی یا سزا دینا چاہتی ہو؟"

"ہم نے معاف کیا۔ لیکن ایک شرط پر!"

وہ ایکٹنگ کرتے ہوئے بولی۔

"کونسی شرط؟"

"آئندہ یوں گھر سے نکلنے کی اجازت نہ ہو گی!" وہ ہنس پڑی۔

"کیا مذاق کر رہی ہو رُوپا۔ سروس کا معاملہ ہے!" بھابی نہ جانے کیوں سنجیدہ ہو گئیں۔

"مجھے منظور ہے۔"

اہنش نے چائے کی پیالی لی اور مسکرایا۔ اور پھر وہ دیر تک رُوپا کی باتیں سنتا رہا۔ اور ہنستا رہا۔ جیسے اُس نے اپنے ذہن کے تمام دریچے بند کر لیئے تھے۔ لیکن احساس کے خلاؤں میں دُور یہ کس کی آواز تھی ——

میں گناہگار ہوں۔ میں نے کانتا سے پہلے ہی کیوں نہ کہا تھا کہ میں رُوپا سے ....لیکن، میں اُس سے کیا کہتا؟ اتنی فرصت مجھے کب ملی، مجھے سوچنے کا وقت کہاں ملا؟ وہ ایک بجلی کی طرح چمکی اور میرے دل و دماغ اور میری رُوح کا اُجالا بن گئی۔ کیا اُجالوں کو کوئی ٹھکرا سکتا ہے۔ میں نے اُجالوں سے پیار کیا ہے۔ یہی میرا قصور ہے۔ لیکن رُوپا —— ؟

اُس نے کئی بار سونے کی کوشش کی لیکن نیند غائب ہو چکی تھی۔ آج صبح کو بھابی اُن کے پاس آ گئی تھیں۔ جب کہ بھائی صاحب بھی بیٹھے تھے۔ اور وہ کہہ چکی تھیں کہ اگلے مہینے شادی ہونی طے پائی ہے۔ پنڈت جی سے

بات ہو چکی ہے رُوپا نے بی۔ اے کا امتحان دیا ہے۔ مزید تعلیم وہ یہاں آ کر جاری رکھے گی۔ ہم نے بھی سب انتظامات کر رکھے ہیں۔ اور بھائی صاحب نے ہر بات کی تائید میں سر ہلایا تھا۔ اور وہ کچھ نہ کہہ سکا۔ کیوں؟ اُسے کیا ہو گیا تھا؟ شادی کی بات سُن کر اُس کے دل کی دھڑکن کیوں رُک گئی؟ وہ خاموش کیوں ہو گیا؟ آہ بھابی کے قدم چھونے تھے۔ کتنی نیک اور ہمدرد ہے وہ۔ وہ پہلے ہی جانتی تھی کہ وہ ایک دوسرے کو پیار کرتے ہیں اور اسی کی کوششوں سے ان کے خواب شرمندۂ تعبیر ہو رہے تھے۔ رُوپا اُس کی زندگی ہے۔ اُس کی شوخ مسکراہٹوں میں اُس کی آرزو کے دیئے جلتے ہیں۔ وہ رُوپا میں صرف اپنی محبوبہ ہی کو نہ دیکھ پایا تھا۔ بلکہ اپنی رفیقۂ حیات کو بھی۔ رُوپا کا خیال آتے ہی زندگی کی نامعلوم رہگزاروں پر شمعوں کی قطاریں روشن ہوتیں۔ اور آج وہ برسوں سے اس دن کے انتظار میں تھا۔ جب وہ رُوپا کو اپنے گھر میں دُلہن بنا کر لائے۔ اور ——— اور وہ اپنی زندگی کے نئے خوابوں کو سجائے۔ خوابوں کے سنہرے جزیروں میں ہاتھ میں ہاتھ ڈالے کھو گئے تھے ایک دوسرے کی آنکھوں میں آنکھیں ڈال کر ———!

اور آج ———؟

رُوپا سے اُس کی شادی ہو رہی ہے۔ وہ مسرّت کی ہر دل پر ڈول رہا ہے۔ دُور دُور تک گلاب کے پھول کھل رہے ہیں۔ آبشاروں کے ساز سے نغمے بکھر رہے ہیں۔ اے ارمانوں کی کلیو! اب تمہارے کھلنے کی رُت آئی۔ اے ستارو آج کائنات کے ذرّے ذرّے میں نور بھر دو۔ زندگی کو نور و نغمہ کے ساز پر رقص کرنے کا وقت آیا ———!!

وہ جسم اور دماغ میں تھکن اور اضمحلال لئے ہوئے گھر آ رہا ہے۔

دن بھر کام کرنے کے بعد۔ اور وہاں رؔدپا اُس کا انتظار کر رہی ہے۔ پلکوں پر پیار کے دیئے جلائے۔ آنکھوں میں شوخ مسکراہٹ لئے۔ اور ——
اور وہ گھر کی جنّت میں قدم رکھتے ہی تازہ دم ہو رہا ہے!

وہ بے چینی میں بستر سے اُٹھ چکا تھا۔ اور دریچے سے پردہ سرکا کر باہر کھُلی فضا کو دیکھ رہا تھا۔ جو دُودھیا چاندنی میں نہا رہی تھی۔

تھوڑی دیر تک وہ کھو سا گیا۔ لیکن ——؟

سرد ہوا کا ایک تیز جھونکا دریچے سے ٹکرایا۔ چاند سیمیں بادلوں کے پیچھے آ گیا۔

ایسی ہی رات تھی۔

وہ کانتا کا ہاتھ اپنے ہاتھ میں لئے ہوئے تھا۔ اور اُس کی آنکھوں میں چاندنی کی پگھلتی ہوئی لہریں دیکھ رہا تھا۔ پہاڑی کے نیچے دُور دُور تک وادیوں کے نشیب و فراز نقرئی دُھند میں انگڑائیاں لے رہے تھے۔

"کانتا!"

"جی!"

"تم میری زندگی میں چاندنی بن کر آئی ہو!"

وہ مسکرائی۔

اُس کی مسکراہٹ میں شرمائی ہوئی چاندنی تھی۔ اُس چاندنی میں محبوبہ کا پیار، ماں کی ممتا، بہن کی شفقت اور بیوی کی محبت رچی ہوئی تھی۔

یہ عورت کتنی پیاری ہے ——!!

"آپ ڈاکٹر سے زیادہ شاعر ہیں!"

وہ مسکرایا۔

"یہ چاندنی آپ ہی کی دی ہوئی ہے۔ چاند اپنی روشنی سورج سے لیتا ہے۔" اُس کی گھنی پلکیں بھیگ گئیں۔

"کانتا! —— کانتا تم رو رہی ہو، ارے —— کہاں گئیں تم؟ چاندنی کہاں چھپ گئی؟ اُس کے سامنے یہ کس کا چمکتا ہوا جسم تھا؟ یہ کس کی کنواری سانسوں کی خوشبو اُس کے جسم میں بس رہی تھی؟ کانتا! تم قریب آجاؤ۔ تمہارے شبنمی گیسوؤں کی خنک چھاؤں میں میٹھی نیندیں پلتی ہیں۔ مجھے سکون دے دو۔ میں تمہارے بغیر یہ رات کیسے گزاروں؟ یہ پہاڑ سی رات؟ کوئی ہے؟ کوئی آواز تو دے دو —— !!

وہ کئی دنوں سے گھر ہی پر تھا۔ اور بالکل الگ تھلگ۔ اُس کی ڈاڑھی بھی بڑھی ہوئی تھی۔ بال اُلجھے ہوئے تھے، ماتھے پر سلوٹیں۔ اور آنکھوں میں سوجن۔ وہ چارپائی پر بیٹھا تھا۔ ماتھے کو دونوں ہاتھوں میں لئے۔ اچانک وہ اٹھ کھڑا ہوا۔ ایک پاگل کی طرح۔ اور میز کے قریب آیا۔ اور پھر وہی خط ہاتھ میں اُٹھایا۔

"..... میرے پاس اب رہا کیا ہے؟ اپنا سب کچھ تو آپ کے قدموں پر نثار کر چکی ہوں۔ اب اُس دن کی منتظر ہوں جب آپ کے چرنوں میں مجھے سکون ملے گا۔ اور دن رات آپ کی سیوا میں مگن رہوں گی۔ یہی میرے جیون، میری آتما کی چاہت ہے ساتھی! شادی کا سمے اب نزدیک آرہا ہے۔ میرے ماموں جان آئے ہوئے ہیں۔ بھوشن بہت تنگ کرتا ہے۔ آپ کا نام اُس کی زبان سے اُترتا ہی نہیں ....."

اچانک اُس نے اپنے ہونٹ بھینچ لئے۔ اُس کی پیلی پیلی آنکھوں کی وحشت تیز ہوگئی۔ اُس کے جسم میں غیر معمولی کپکپاہٹ پیدا ہوئی۔ نہیں نہیں نہیں یہ نہیں ہو سکتا۔ یہ نہیں ہو سکتا۔ اُس کے ذہن کے پوشیدہ گوشے سے کوئی چلّایا۔

اچانک اُس نے خط کو پھاڑ دیا۔ اور فوراً اُس کے ٹکڑے ٹکڑے کر دیئے۔ اور پھر اُن ٹکڑوں کو مٹھی میں بھینچ لیا۔ اور دوسرے لمحے انہیں ٹیبل پر زور سے پھینک دیا۔ ٹکڑے بکھر گئے۔

"مبارک ہو! لگن کی تاریخ نکل آئی ہے۔ شبھ تاریخ ہے۔ اگلے مہینے کی دوسری تاریخ کو برات جائے گی۔" بھابی چہکتی ہوئی دروازے سے اندر آئیں۔ وہ پھولی نہیں سما رہی تھیں۔

آیش بت کی طرح ساکت رہ گیا۔ وہ ٹیبل پر بکھرے ہوئے کاغذ کے ٹکڑوں کو دیکھ رہا تھا۔ لیکن اُسے نظر کچھ نہیں آ رہا تھا۔ اُس کے دل ودماغ میں زبردست ہیجان تھا ایک طوفان! اور اُس طوفان میں اُس کا وجود، گرد وپیش کی ہر چیز ساری کائنات بہہ رہی تھی۔

"آپ نے سنا نہیں؟" بھابی نزدیک آگئیں۔ "پنڈت جی ابھی ابھی خوش خبری لائے تھے۔ شادی کی تاریخ مقرر ہو چکی ہے۔ یہ شادی خوب دھوم دھام سے کرنی ہے۔ یہ شادی میرے ہاتھوں ہو گی۔ اس شادی میں۔۔۔"

"شادی، شادی، شادی ـــــ بند کرو یہ بکواس!!"

اچانک وہ ایک بم کے گولے کی طرح پھٹ پڑا تھا۔ ایک زبردست دھماکا ہوا۔

"مجھے یہ شادی منظور نہیں ـــــ سنا تم نے! کان کھول کر سن لو مجھے شادی نہیں کرنی ہے ـــــ!!"

وہ ایک پاگل کی طرح چیختا رہا۔

سارا کمرہ جیسے دھوئیں سے بھر گیا۔

اُس کے ہونٹوں پر جھاگ آ گئے۔ اُس کی آنکھیں انگارہ بن گئیں،

اُس کے چہرے پہ رات کی تاریکی چھا گئی۔
اور بھابی کے گلے میں ایک چیخ اٹک گئی تھی۔
وہ سکتے میں آگئی تھی۔
اور ہوا کے ایک تیز جھونکے سے کاغذ کے ٹکڑے اُڑ رہے تھے!!
منتشر اور بے ترتیب ٹکڑے!———